百歳人間の生き様を視《み》る

松田 博

Matsuda Hiroshi

風詠社

まえがき　—序文に代えて—

私が百歳になられた超高齢者の人達にお会いし、お話をお聞きしたいと思ったのは、偶発的な思いに駆られての事ではありません。

誰しもがそうかと思うのですが「この人は百歳を超しているのですよ」と何の予告もなく紹介された時、全身で驚異と尊敬、そして深い興味を抱くのではないでしょうか。恐らく、単なる軽い気持ちで、「あ、そうですか、よろしくお願いします」と、普通どおりの挨拶はされないのではないか。多分、一瞬怯《ひる》むか、驚異の眼《まなこ》を見開くか、何《いず》れか心の中に、様々な葛藤を持たれるのではないかと思います。同時に、百歳になられた人は、今、こうして元気でおられるが、では、これまでに自分の人生をどのように過ごしてこられたのだろうか、との思いにも駆られるのではないでしょうか。

この度の創作のきっかけとなったのは、知人から、そうした元気な一人の百歳の方を紹介された事があったからです。お話をすると、とても百歳とは見えない程はきはきした言葉を発する元気一杯の人でした。

そんな事由から、百歳以上の方達、各々が抱えている過去や現在の心境をお聞きし、記述する事を、思い立ったのです。

が、筆を進め乍ら、記述の中に、多分にフィクションの部分が入りこむ、というより、少し形容詞を加えながら物語的にまとめてみるのも楽しいではないか、といった下心が時折、ニョキッと頭をもたげてきて、私自身の見解や表現が多分に入ることになりました。

それは、意図的にこうした構成をしたほうが良い、という自分勝手な下心もあっての事で、そのほうが読者の方々に、多少でも興味と楽しみを味わい頂けるのではないか、と思ったのです。しかし、関連する解説的な部分と、フィクション的な部分を加味してあるとはいえ、本人のお話された核心部分と本人の言っておきたい、といった気持ちを中心軸におきながら記述しているので、この事を念頭においてお読み頂ければ幸いです。

いずれにせよ、多少だが、私がお会いした方達のお話を膨らませているのは事実、と記しておきます。


現代はまさに百歳を超える超高齢者を次々と生み出す社会になってきています。そして諸々の報道関係や巷の彼方此方《あちこち》から、まるで物珍しさをも手伝ってか新種の種を撒くかのように、人間の年齢が百歳時代へ到来した、と賑々しい報道合戦さながらに流布されています。

人間の生体は、六十兆個もの細胞から構成されており、細胞の生存年数は、百二十五年間は間違いなく維持できるのだ、ともいわれています。にも拘わらず、一般的には驚きと尊敬の念をもたれると同時に、畏敬と尊敬の対象者として、崇《あが》められています。

それは、一般の人にとって、百年間長生きしているという事に、現状では、考えもつかない事態だからなのかもしれません。それだけではなく、そこに摩訶不思議な何らかの作用が働いているからなのだろうか、という疑念さえ持つ事にもなりかねません。

しかし、そうは言いながらも、今の世の中は、様々な状況や環境の変化によって、人間の「生」に対する考え方が時々刻々と、変わってきていることも事実です。百歳の方にお会いしてお話をお聞きしていると、自分の生きる意味、或は意義を、普段の思考の机上にのせて、その場で自ら、いかに生きるかに真剣な思いを馳せているのが感じられました。当然なこととは思いますが、少しでも不幸な生き方をせず、幸せな生活を得る事が出来るのかについて、自分の年齢を忘れているかのように模索しながら日々の生活を送っている、そして、そこに様々な変化を見いだし、自分にプラスとなる変化であればすかさず、積極的に関わり、推進し、実らせようと努力している。その切実な姿勢をも見ることができました。それは前向きに生きるのだ、という姿勢なのです。

前向きに生きるということは、自分の置かれた、或いは置いた状況の変化に無意識ながらも自分の「生」のあり方に関わり、関わったそれを変革していく、そして同時に、それらに合わせながら自身の健康管理をも、心がけている事でもありましょう。

とはいえ、そうした人ばかりではありません。今の世情の中で、自分の「生」に対して、その事情はどうであれ、諦めをもつ人もおります。自分の幸・不幸は視野に入れず、何事にも消極的に対応していくといった姿勢を固持している人です。

古代ローマの哲人・セネカは次のように云っています。

《人間の生は、全体を立派に活用すれば十分に長く偉大なことを完遂できるよう潤沢に与えられている。しかし、生が浪費と不注意によっていたずらに流れ、いかなる善きことにも費やされない時、畢竟、われわれは必然性に強いられ、過ぎ行くと悟らなかった生がすでに過ぎ去ってしまったことに否応なく気づかされる。われわれの享ける生が短いのではなく、われわれ自身が生を短くするのであり、われわれが生に欠乏しているのではなく、生を蕩尽する、それが真相なのだ。……》（『生の短さについて』セネカ著、大西英文訳）

この世に「生」を受けた以上は立派にその「生」を活用せよ、と云っているのです。人には、時として「生」への浪費・「時間」の浪費、使い方の不味さ等があります。私自身、自分の生き様を振り返って見たとき、「ああ、あの時の時間の使い方は不味かったな、ああすれば少しは変わっていたのにな」と反省する事が数多くある事に気がつきます。

では百歳迄生きられた超高齢の人達は、少しも浪費の時間を、持たなかったか、或は、持ったのか、とつい考えてしまいます。が、無かったとは言えないと思っています。何故なら、複雑に錯綜している人間社会に身を置いている限り、多少でも生じる事なのですから。長年「生」を経てこられた方には、それなりの生き方というのがある筈なのです。この辺に視点を向けてみるのも、興味のある事です。

現在百歳を超された人達は、一九二〇年（大正九年）以前に誕生された方々で、当然ながら第二次世界大戦を体験されております。それだけに日々の生き方に対して、戦争のない時代に誕生した今の若い人達とは異なり、様々な背景を背負って日常生活を過ごしておられる事を忘れてはなりません。どれ程、心身に苦痛を強いられたか、計りしれないものが内在している筈です。普段なら、平凡な人生を送れたものが戦争の中に投げ込まれたことによって、人生の行程がジグザグに乱されたのです。にもかかわらず、それをバネにして、今を迎えているのです。それを知ることによって、百歳を迎えられた人達に、一段と強い敬意をはらうべきだと思っています。

ここで、百歳の人達の、はからずも遭遇してしまった第二次世界大戦についての概要に、少々触れてみたいと思います。戦争を体験された高齢者の方や、歴史を勉強された方であればその知識を持っているかとは思いますが、その戦況を知ることによって、当時百歳以上の人の置かれた、或いは暮らした環境とそれから受けている影響を少しでも理解できるのではないでしょうか。

第二次世界大戦は、第一次世界大戦からの引きずりなのだ、と言ってもよいのかも知れません。第一次世界大戦において敗北したドイツが、戦勝国に自分の領土を取られたうえに賠償金まで支払う羽目になったのです。そこから世界大恐慌が始まりました。

この世界大恐慌によって、大国、アメリカではニューディール政策を行ったのです。これは歴史的には有名な事ですが、自国の植民地や自治領だけで貿易を実施し、他国からの輸入品に高い税金を課して外国からは、入ってこないようにする政策で、イギリスやフランスでも同じような政策を行うようになったのです。要は、それらの国は、自国や自分の植民地だけで経済交流を行い、恐慌の乗り切りを図ったのです。従って、植民地や自国の領土を多く持たない国々は恐慌を乗り切れない事になりました。

第一次世界大戦で負けたドイツは領土を取られ、イタリアは植民地を持っていなかった。従って、ここに至って両国は、国力を強くするのだということから、強いリーダーシップを発揮できる人物を希求したのです。その人物とは、ヒットラー、ムッソリーニであり、その二人は、ファシズムの考えに走りだしたのです。彼らは独裁政権を創り、軍事力強化を図ったのです。ここに日本が参戦するまでには西洋地域において、国家間での様々な動きがありました。

その当時日本は日中戦争の最中でしたが、それが長期化する事態にあったので、それを打開すべく一九四〇年に日独伊の三国軍事同盟を結んだのです。そして翌年の十二月に日本はハワイ真珠湾攻撃を実戦。それを機に日米の太平洋戦争へと突入し、軍事同盟国のドイツ、イタリアもアメリカへ宣戦しました。その結果、戦況は泥沼と化し、大勢の国民が犠牲となったのです。しかし、一九四五年八月アメリカによって広島、長崎に原子爆弾が投下されて日本は無条件降伏をしたのです。そして、一部の人間による、実に単純な動機から領土争奪や覇権争いを巻きおこし、罪もない一般人をまきこんで、骨肉をけずりとった、まさに醜い戦いであった第二次世界大戦が終結となったのです。

百歳以上を迎えられた人達は、こうした人間と人間との争いである戦争という悲惨な時代の波にさらされ、本来なら避けられる筈の、体験しなくても良い経験、いうなればその人達にとって不可抗力ともいうべき体験を余儀なくされたのです。それを運命といえばそれまでですが、あまりにもむごたらしい時代の中での「生」を歩かされ、その荒波を乗り越えて、今日の時代を迎えておられるのです。

各項での登場人物は、全て『仮名』を使用している事をお断りしておきます。

目次

装幀　２ＤＡＹ

百歳人間の生き様を視《み》る

（一）終戦と共に泥にまみれて帰国した人

この度お会いした百一歳の吉野清吉さん（仮名）はそのお一人です。

吉野さんの幼少の頃は、日本が戦争に加担した事により、家族ともども海を隔てた遠い大陸で生活された方も多かったと言います。戦争の初め、日本が有利な立場にあった為、毎年数万人という人々が大陸に移住しており、敗戦の憂き身にあって、終戦と同時に、着るものもないまま、無一文の体《てい》で一丸となって帰国の途に着いています。それだけに、帰国する人達の状況は足場も危うく、混乱と怒涛の中、泥と埃にまみれた、死に物狂いでの帰国だったようです。この様《よう》に言っても、今の世の中で安穏と生活している人々には実感として迫ってこないかもしれません。しかし、帰国にあたった人達が、陸上に限らず、船上においても裸と裸のぶつかりあい、坐る場所をめぐっての殴りあい、幼児にいたっては大人の身体にぴったりくっついて離れまいと必死にしがみつく、それらは架空の物語ではない事実なのです。人と人との醜い争いの成れの果てと表現せざるをえない、全くの事実なのです。戦争というものの愚劣さ。幼児や子供に至っては、避難の途中で親と別れ別れになり路頭に迷い、右往左往している間に現地の人に連れ去られた者も多くいたようです。

このような戦中戦後の世情が、吉野さんだけではなく、現在百歳以上である人達の背景で蠢めき、当時の人間の生活にもろに被《かぶ》さってきていたのです。


吉野さんに直接お会いするまでは、紹介された人からの予備知識として、とにかく元気な方です、と耳にしていたのですが、年齢が年齢だけに、床に臥せっているか、身動きもせずにテレビの前にドカンと陣取っているかの何れかなのだろうと、推測していました。が、お会いした時の印象は全く違って見えました。小柄で礼儀正しくはきはきとした対応をされる人だったのです。そして驚いたことに動き回るその姿勢は、百一歳とは見えない身軽さでした。相手が違ったかと思ったほどです。

吉野さんは幼少の頃、父親が朝鮮半島を拠点とした鉄道会社（通称「満鉄」といわれていました）への勤務の関係から、家族全員で北朝鮮に渡り、少年時代はその地で育ったと言います。朝鮮のソウルの高校で、建築関係の勉強をして、帰国した後は建築関係の仕事に就いたと言います。現在のように朝鮮半島は南北に分かれておらず、一つの国家となっていた時代だっただけに、自由に日本との往来ができた時でした。

帰国して、建築関係の仕事に就いた吉野さんは、その仕事の合間合間に、自分の趣味を含めたいろんな事柄に挑戦したと言います。その気骨精神は、大陸での生活で培われたのでしょう。

その一つで、特に傾注したというのは映写機の操作で、その中でも当時としては珍しい八ミリカメラの撮影に凝り、それが現在も続いているといいますから、心身ともに元気な事は間違いありません。というより、機器の話になった途端、飛び跳ねる身軽さで立ち上がり、隣室に置いてある、まさに古いカメラを持ってきて見せてくれました。小柄な身体だけに動作も軽々としたものです。そして、

「私はどんなことにでもチャレンジするのが大好きなんです」

と自慢げに語る。それはまるで幼児の表情丸出しです。

数年前に最愛の奥さん（当時九十三歳）を亡くし、今は、一戸建の家での一人住まいで、子供達三人は各地に離れて生計をたてているのだ、と言います。

「寂しくはないですか?」

私は、言葉を発した途端、何という愚問を！とすかさず反省しました。言うべき言葉ではなかったのです。

しかし、吉野さんは感慨深い表情で答えてくれました。

「寂しいとは思いませんよ、この年ですから。負け惜しみではありませんが、一人の方が気楽なものです」

と語られる。しかし、全然寂しくないというのは、自分の感情を殺しての言葉だったように私には感じられました。が、それは、或は寂しさを通り越しての気持ちの表れでもあり、今は、自分の趣味に没頭できる状態を維持できている事への表れだったのかもしれません。長年連れ添った最愛の妻を亡くされて、心情的にも寂しくない筈は無いのは分かり切っていますが、そこには多分に彼の強気の表れが見え隠れしていることは事実のようでした。しかし、全身に元気さがみなぎっているのは、頑強な若さの表れでしょう。

高齢者は、高齢になるほど頑強に、そして強気をみなぎらせるものです。が、普通に考えてみれば、長年連れ添った相手が亡くなる、一時的には虚脱感に襲われ深い悲しみを受ける、これが人間としてもっている「生」の一部分ではないのかと、と私は思っています。この感情は終生本人につきまとい、そして時折想い出しては項垂《うなだ》れる。こうした現象は、日常生活の中で出るのではないか、ましてや一人での生活においてです。が、吉野さんは、それを見せない強さを持っておられたのです。

しかし、何はともあれ、今は自分なりの生活を会得し、奥さんへの追憶を片方に置いて、特に三人居られる子供達の助けも借りずに、快適な自活を、一人住まいで満喫しておられる吉野さんに備わっているそれが、長寿の原点となっているのかも知れません。
人間なかなかそうはなれないものです。

ここで、吉野清吉さんとは真反対のご夫婦の、私の見聞きした実例を紹介したいと思います。男性の名は緒方進さん（仮名）と言います。緒方さんには、私も何度かお会いして話をしたことがありますが、普段から「生」に向き合う姿勢が、消極的な雰囲気をもった人で、その典型的な例として捉えてみました。

中小企業の会社を六十五歳で定年退職した緒方さんは、奥さんと長男夫婦、それに二人の孫と生活をしていたようです。孫は中学生と高校生、長男夫婦は共稼ぎ、従って日中は夫婦水入らずの生活。長男夫婦とは折り合いは良く、いうなれば一般的で平凡な家庭生活の営みです。そんな中で、緒方さんは日中何をするでもなく、退屈しのぎに家の周りの雑草を取ったり、テレビを観たり、奥さんとどうでもよいような会話に興じたりしていました。が、奥さんはもともと心臓に疾患を持っていて、日常生活には何の支障をきたすわけでもないので、常々、専門医師からペースメーカーを使用したら、とのアドヴァイスを受けていたのですが、奥さんはその進言を頑強に拒んで耳を貸さない。自分は元気なのだ、と強気に立ち向かうといった、男勝りの闊達さで、力仕事でも男に負けじと動き回っています。半面、夫の緒方進さんは寡黙な人で、奥さんが冗舌なだけに、余計にその寡黙さが目立つといった人でした。それだけに、何事も奥さんを頼りにしていたようです。

奥さんは家の切り盛りを一手に引受けており、長男夫婦も一目置いて母親に全てを任せっきりにしている母親中心の家庭です。それだけに、奥さんの陽気さと活動的な行動から、食事時などは全員そろえば、孫を囲んでの世間話に花の咲く和気藹々といった雰囲気です。

事故が起きたのは、五月の陽気の和やかな日の事でした。何時ものように近所の茶飲み友達が訪ねてきたときのことです。茶を飲みながら、何時ものように四方山話に花を咲かせ、その区切りの良い処で奥さんは、美味しい羊羹を頂いたのがあるから一緒に食べましょうか、と言いざま、

「よいしょ。何と好い天気なんだか、今日は」

と独り言を口にし乍ら威勢よく立ち上がって、隣室のキッチンに向かったのだと言います。茶飲み友達は、立ち上がった奥さんを目線で追った後、最も心の通い合う友達と語らう今の至福を全身で味わいながら、何時ものように目を細めて、よく整備されている庭園を見るともなく、この幸福なひと時を楽しんでいました。その時、キッチンの方から「ガタン!!」と、物の倒れるような鈍い音が聞こえてきた。友達は、一寸びっくりしたものの、

「戸棚から器でも落としたのかしら？」

と思い、さして気にも留めずに、再び庭園へ視線を戻して、きれいに咲いている花々を鑑賞していたのです。

しかし、キッチンに美味しい羊羹を、と言って立ち上がった彼女がなかなか戻って来ない。或は食べやすいように切り分けてでもいるのだろうか？　一瞬頭を過《よぎ》ったが、それにしても遅い。不吉な思いが頭を過ったものの、すぐに打ち消した。元気そのものの奥さんに限って何もありえない筈だ、と自分の心にいいきかせはしたものの、少時《しばらく》してから、一瞬躊躇はしたが、とりあえずと思って声をかけてみた。キッチンの方は静まりかえっている。その時、友人は、いうにいわれない寒気が背筋を走るのを感じたといいます。彼女はその時のことを、不思議に霊感を覚えたのだったと述懐しています。それにうながされてキッチンを覗き見ながら、二、三度、今度は声を高めて呼んでみた、が、同じように静まりかえっている。今の今まで闊達に談笑していた彼女はどこへ行ったのだろうか？　黙って何処かへ行くという事は無い筈だ、と思いながら、恐る恐る覗き見ると、ダイニングテーブルの脚の辺りに、人の足が見える。まさかと思いながら、本能的に一歩踏みだしてみると、奥の方に頭を向けた彼女が倒れているではないか!!　側に駆け寄ってみると、ビクともしない。鼻と口に手を当ててみてもなんの反応もない。

「その時私が悲鳴を上げたかどうかは覚えていません、お医者さんと警察の方がみえて話をしたのでしたが、どのような対話を交したのか、何を言ったのかも覚えていないのです」

と語る友人。

その日から何日か経っているにも拘わらず、驚きがあまりにも大きかったのだろう、私に一部始終を伝えようとする彼女は、目を大きく剥いて、顔面は蒼白そのものでした。

この事実の肝心なところは。これからです。

自分の買い物に出向いていたと言う緒方進さんの挙動について、

「近所に出向いていたご主人は、妻が倒れた、と聞きつけて急いで戻って来たものの、私に目もくれないばかりか、お医者さんの側に横たわる、息の絶えた自分の妻を目にしても、あまり驚く様子もなかったんですよ！　まるで他人をみるかのように平然とした態度で、何もしようとしない。せめて誰かに知らせるとか、慌てなくても、少しは動いて息子達に連絡するとか、お医者さんや警察の方にお礼とまでは言わないけれども、なんでもいいから話しかけて状態をつかむとか、ほんとに、ポカンと突っ立ってばかりいるんですもの」

奥さんの友人は、緒方さんの平然とした態度に余程腹が立ったのか、憤懣やるかたない、といった様子で、不満も露わな口調でまくし立てていました。しかし、彼にしてみれば今までなんともなく接していた自分の妻が突然亡くなった、その衝撃はあまりにも大きかったのかも知れません。そして、受けた衝撃を表《あらわ》す術がなかったのではないか、とも思えます。

奥さんを亡くした後の緒方さんは、元々寡黙な方だっただけに、ますます黙念とした生活を過ごす事になったといいます。特に話し相手になる友人も居ないだけに、ますます孤独感を漂わす人になっていました。

緒方進さんの息子の話によると、

「自分達家族が仕事や学校に出かけている日中は、父は一人だけになるのですが、新聞に目を通すだけで、何もしようとしなかったようです。ただ昔から手掛けている、庭の手入れはするものの、前のような丁寧さはなく直ぐに終わっていました。後の時間は、ぼんやり過ごしているだけのようです。私の妻が昼食は作って置いていっても、半分程しか食べていない。父はすっかり変わってしまいました」

そうした言葉に私は何の返答も出来なかったが、

「父は、元々これといった趣味は何も持っていなかったから、自分で自分の身の処し方に戸惑っていたのではないかとも思います。なにしろ、母とはいつも一緒でしたから」

と重ねて言う。

母が側にいる時には、多少だが闊達なところもあったが、時折ぼんやりしている事もあった、といいます。息子にしても、父が無気力的な日常生活を送るようになったのはどうしてなのだろうか？　なにが原因でそうなったのか？　単なる侘しさがそうさせたのだろうか？

と理解できない事ばかりだったようです。

それにしても、全然心あたりは無いのだ、と言います。でも、母親が存命の時には、動作は鈍いものの普通に話をしたり笑ったりしていたのに、と残念そうな表情を浮かべて語ってくれました。そして、いつの間にか、息子や孫とも話さなくなったという。それ以来、何故かボンヤリしたままで食事も摂らなくなった、と言います。

それに気が付いた時、息子達は、そのうちに箸を持つだろう、と二、三日、特に干渉もせずに放っておいたのでした。しかし、何時《いつ》になっても食事に手を付ける様子はなく、夕食時には食べたくない、と言って頑強に拒否して自分の部屋に行ってしまう。そうこうしている間に、ますます体力がなくなりベッドから起きられなくなった、心配した息子が救急車で病院へ、そしてそのまま入院となった。が、結果的には医師の手も届かずに死を迎えたのでした。

この例は連れ添いに先立たれた一人の高齢者の「生」に見放されたかのような、侘しい生活を送ることになった典型的な形です。

百歳以上の超高齢者のなかでも、元気な人・不具合な人等、さまざまですが、緒方さんのように、拒食症的な病になった人は、私の知る限りではいません。元気な人ばかりです。その元気さを保っているのは、気力・精神力を意識的に自分の力で高揚させる力量を存分に発揮している人達です。中には、具合が悪くなって止む無く入院する、又、仕方なく養護施設に入居する方もおられます。こうした方々は年齢が年齢だけに止むを得ない事ではあるが、生きる事に消極的であるなんてことは一切ありません。逆に病に侵されても、負けまいとして自力で立ち上がろうと自分なりに努力しています。この〝努力〟は長寿の人には欠かすことのできない要因の一つでもあるのです。入院していて家族の介護が必要な人でも、それは煩わしいと言って、面会を最小限に抑えている人もおられる。それらは何といっても気力と体力あっての事ですが、超高齢者に共通して備わっている、強い精神力と自立精神の強さの現れなのです。いずれにしても、本人の強い気力が底辺に有り、底辺に有るそれらが元気と長生きの源泉となっていて、更にその源泉が全身に張り巡らせているからなのかも知れません。それはある面では凡人の与り知らないものではないかと、思いもします。

実例を長々と紹介しましたが、その事を断片的に想い出しながら吉野さんとの対話を進めました。小柄でガッチリタイプの吉野さんには、奥さんの回想を交えながらの話に触れると、それとなく、悲嘆にくれている様子もチラリと見てとれます。が、それは、或は緒方進さんの事が私の頭の端に残像しており、それと重複したからそう見えたのかもしれません。

子供達が独立して近くに住んでいるとはいっても、一人暮らしの身、侘しいのは当然ですが、趣味に没頭する事でそれらは多少ながら解消されているようでした。

家族は、三人の娘さんと孫が十人、曾孫二人に恵まれ、近郊にお住いの娘さん達が、交互に訪ねてきては、家の事を手伝ってくれるのだ、と言います。

「それだから、冷蔵庫の中には、いつも盛り沢山に入っていますよ」

と苦笑いしますが、それだけ「生」に対して余裕をもっているのだと思わせられる場面でした。

自宅の一室を工房にあてて趣味に没頭する毎日だが、一日の時間を割振って行動する。まさに正確な時間の使い方で、朝七時三十分に朝食、少し休んで工房に入る。主に墨画に凝っていて、色紙に七福神を製作中といって見せてくれました。台紙は自家製。工房の窓の下に物を置く長い台が置いてあり、その上に描くのに必要な諸々の道具らしきものを雑然と載せています。

その周辺を見渡すと、素人の制作者にはそぐわない、芸術家のたたずまいという雰囲気が満ち溢れています。百一歳の人の趣味とはいえ、こうも熱意と集中力の中での創作活動です。本当にこれが現実なのか?と疑いたくなる、というより信じられない不可思議な、そして現実ばなれのした空気が私の身を包み込んできます。

しかし、それだけではありません。工房から居間に戻ると、吉野さんはちっちゃい紙細工の〝小物入れ〟を見せてくれました。

「新聞と一緒に広告が毎日入ってくる。勿体ないです。それで作るのですよ」

お聞きすると、事前に用意された厚紙細工の小箱の周辺に、新聞紙や広告紙を細切れにし、指でさらに細長く丸めて紐状にして入念に巻き付けていく。そのようにして作られたティッシュ箱を収める小箱や、大小の小箱が、色とりどりの色彩を放って、部屋の隅に積んでありました。毎日作るから、山積みになっています。

「これらはどうするのですか？」

とお聞きすると、

「近所の人に差上げるのです。喜んでもらえるのが一番嬉しいですね、毎日作るのでこのようにたまる一方です、今私がお世話になっているこの地域にある「お楽しみクラブ」の会合がある時に、皆に配るようにしています」

と応じてくれました。素晴らしいボランティア活動ではないのかと私は感動するばかりです。

「私がこうして熱心に没頭できるのは、若い頃から、一つの事に熱中して取りかかるのが唯一の楽しみだったからでしょうね。カメラの趣味ももっているのですよ」

と言って、今度は隣の部屋に行って、古い一眼レフのカメラ三台を持ってきました。その動きも素早い。

「今ではどこを探してもない古いカメラです。これでよく撮ったものです。今でも愛用していますが、このレンズを通して見る世界は楽しくって仕方がないのですよ」

部屋の三方の壁に埋め込んで造り付けた、人間の膝下程の高さの戸棚があります。そこの引き戸を開けて、壁の三面一杯に、古臭い何十年も前からの分厚い表紙で製本されて、薄黒く色の褪せた、ぶ厚い古いアルバムが整然と並べられているのを見せてくれました。

「時には目を通すこともあるのですか？」

「時には見たい衝動に駆られますが、何せ時間がないものでほったらかしのままですよ。でも、孫達が来た時には、娘達（娘とはいっても、八十歳前後でしょう）と一緒になって、悪戯半分に遊びながら、この戸棚を開けて見ていますよ。おじいちゃん、こんなにハンサムだったのかな、なんて言われてね」

まるで百一歳の方の言葉とは思えない答えが、苦笑いと共に返ってきました。驚いた事には、その現場に立ちあった訳ではないのですが、恐らく七十歳台、八十歳台の人達の遊びではないのか。

それにしても、口に出される何という言葉!!　忙しくてて時間がない!!？　これこそが、老いを寄せ付けない精神力の現れなのでしょうか。しかしこんな言葉が飛び出してくるとは思いもよりませんでした。私は、吉野さんを前にして驚くばかりです。

日常生活の基本的なパターンは決まっています。夜十時就寝、朝十時起床、朝食後昔ながらの洗濯板で洗濯にかかる、文明の機械である電気洗濯機は使わない。その洗濯板は亡くなった奥さんが最後まで愛用していたもので、自分の身から離せないものだと言います。

「これを使うとよく汚れが落ちるのですよ。貴重なものです。今、あちこちで出ている電気洗濯機、あんなものは使いませんよ。でもこれも随分使いすぎたので、娘達に言って、新しいものを見つけてくれないか、とは頼むのですが、どこにも売っていないようですね」

「でも、古くなったからと言って、廃棄処分にしたら奥さんが悲しむのではないですか。それにしても今の時代では、貴重な品物ですね」

「いや、とんでもない!!　処分なんかしませんよ。もし代りが見つかったら丁寧に飾っておきますよ」

「奥さん思いですね」

「長い間連れ添った奴ですからね。家内も長生きしてくれました。やはり想い出すと少しは寂しい気持ちになりますね。でも、連れ添いに先立たれたら、誰でもそうなのではないですかね」

洗濯が終わると、新聞に目を通し、前述した小物入れの制作に取りかかる。人に差上げるという目的があるから、制作にも力が入るし楽しみの一つなのだ、と言います。そして午後三時に昼食、その後工房に入り浸る。そして七時夕食。どんなに作業が中途半端であっても、午後七時五分前には工房を引きさがる。食事は自炊がほとんどで、子供達が気を利かせて持ってくる食材や冷凍物が冷蔵庫に山ほど詰まっているので、どんな食事をするか、何時も思案しながらの食事なのだ、といいます。これが基本的な生活パターンで、時計の針に忠実に従うのだ、と言います。

「私は食べ物に好き嫌いはありません。なんでも口に入れますよ。それが私の健康を支えているのです。よく自覚していますよ。それらの合間の一・二分でもあったら、軽い体操や指の運動をするのです。ジッとしているのが嫌いでね」

小指を動かす、下半身の軽い屈伸運動を実行する、身体をひねくり回す、まさに、心身を健康に保つための軽体操そのものを、自覚して実行している、これが吉野さんに限らず、元気な高齢者となる源でもあるのでしょう。最後に、ニコッとしながら、半分照れくさそうな表情で、

「私の血圧は八十~百四十をキープしています。お医者さんの保証つきです。とにかく元

気でいることですね。何といってもこれにつきますよ。今の私は、幸せです。幸せなんて何なのだなんて、屁理屈をこねていませんが、毎日が充実していればそれでいいのですよね。あまりくよくよしても始まらないという考えが、今の私なのです。健康でいる事です。自由に動き回って、好きな事に熱中できる、それ以外に何がありますか。アハハハ」

「そうですね。私はまだまだ吉野さんの年齢までは届きませんが、元気でいる事、とにかく、年齢に関係なく元気でいる事、それに尽きると私自身も思って居ますよ」

と私も、つい口を挟んでしまいました。すると吉野さんは言います。

「健康で幸せに……なんていう人は大勢います。でも、幸せって何なんだ、そんな屁理屈はいらないですよ。今が幸せ、それでいいのじゃないのか。健康であればいいのではないのか、自分が自由に動けて好きな事をする、出来る。その事が一番ではないですかね」

と、強調される吉野さんに、私は、でもそうできない人は沢山居るのですよ、と反論したくなりました。何故なら、吉野さんはあまりにも闊達でありすぎているからかもしれません。同時に、私はいつのまにか、吉野清吉さんは百一歳なのだという事を忘れていたような気がします。それ程までに元気な人でした。

（二）隠れた女実業家

随分昔、戦中、戦後に至ってもそうですが、社会的な慣習の一つに、男性は外で働き、女性は家の中で働くもの、といったジンクスがありました。女性が外に職業を持つという事は、何らかの特別な事情を抱えた場合のみに限る。夫は元気で働き、妻は外に出ることなく家を守っていれば良いのだ、ということです。夫が元気で働いているのに、妻も勤めに出るなどということは、不謹慎なことなのだ、とまで言い放ったものでした。そして近所から白い眼を向けられ無言の非難に晒されることもあったのです。

妻は家を守りながら家の中で働くのは当然、と言い、掃除、洗濯、炊事をこなす以外の事柄に意欲を燃やし、何らかの仕事（例えば商売あるいは何らかの事業）に携わろうとする事は、余程の決意をもってかかる必要があったのです。そして働き始めた時等は、こそこそと人目を避けながら、外部に漏れないようにと、最大限の工夫を凝らして働いたものです。そうでもしなければ、好きなように本来の自分を生かし、自分の「生」に意義を持つこと等は、生易しいものではなかったのでした。

しかし、その当時は、「男尊女卑」という文字どおりの、女を卑下する、ということではなく、むしろ男性と女性は対等なのだといった扱い、そのうえに、男性と女性の体力を考慮に入れた、そして男女の向き不向き等を考慮に入れての対応、と考えられていたような気がします。決して女性を下に視《み》た見方ではなかったのですが、外に出て働く男性は直接お金を手にしてくる、それを基に生活に欠かせない飲食を賄うといった、より具体的な形の考えから、家庭生活を支えているのだという事、それが男性の強さとして世間一般に流布されていたのです。多くの女性もその事に押されて特別の抵抗も出来なかった、と解釈できます。

それらのことは、当時の生活習慣から暗黙のうちに、そうした解釈が強く流布していたのではないか、と思います。


現在百歳を迎えられた有田サヨさん（仮名）は、まさにその道を辿って来られた女性でした。有田さんは言い切ります。

「人目を忍んだのはそうしなければならないという御時世であったからです。今の、世間での常識では考えられないことですが、しかし私は何も悪い事をしているのではない、という気持ちをもっていました。私も頑固だったのですね、でも、家族に迷惑のかかる事を思えば、ひっそりと家の中に籠って仕事を続けるしかなかったのですよ。でもそれがストレスを抱える事になって、とても苦しい時でした。でも私は生活の事もあったものですから、自分の考えている事を貫いたのです」

有田サヨさんの、嫁いでもやり通したかった事、それは着物を造る事でした。造った着物は、知人や近所の友人等に声をかけて、注文を受けて、注文通り造って、早く届ける、といった営業で、それはささやかではあるが一つの事業だったのです。

「しかし大っぴらに営業はできない、あの人はお金を取って人様の着るものを売る商売をやっているのだ、なんていう評判が出たら、それこそ、まさに村八分の対象になってしまいます。家族みんなに迷惑をかけることにもなってしまいます。それこそ大変な時代だったのですよ」

と言います。しかし頑強に自分のやりたかったことを貫いて強く生き抜いた事、そうした道を辿って来た事によって、百歳の活動的な今の有田さんが居るのです。

人は、自分自身でこれは必要だと思えば、苦難を背負ってでも必死に生きようとします。そして、ある時期に、自分の意思で、無我夢中で実践した事を振り返ってみたとき、懐かしさよりも満足な、そして苦しかった事よりも幸せの感情を覚えるものです。

有田サヨさんとお会いした時の印象は、若々しく愛想の良い身軽で闊達で、全く百歳とは思えないお婆ちゃんでした。肌はつやつやしていて、七十歳台かな、と思ったほどです。前述の男性の吉野清吉さんとはまた異なった、女性らしい柔らかさを秘めた強い雰囲気が小柄な全身に漲っているのが感じられました。

サヨさんを良く知る人からのお話では、近所の評判は良く〝マドンナお婆ちゃん〟の愛称で呼ばれている愛嬌の良い人との事でした。

生家が今お住いの二、三軒先にあって、二十一歳の時に、そこから嫁入りして来た、それも、自分の意思は全く無視され、親同士の勝手な取り決めで嫁入りが決まったのだ、と言います。

ご主人とは幼馴染でもあったのですが、その頃は、男性とむやみに口をきいてはいけない時代だっただけに、実家がすぐ側とはいえ、結婚するまでは、遠くから見ていたに過ぎなかった。だから、好きとか嫌いとかの感情は全くなくて、両親のいうことを、ただ承知したというだけだった、と言う。

生粋の土地っ子で、「若い頃は、近所で美人だという評判だったのよ」と豪語します。

「でも、自慢するわけではないけど、若い頃は、随分男達にモテたものですよ。むしろ、主人よりもそっちに目が向いていましたね。誰も彼もがもう亡くなってしまいましたがね。自分の家の間近に住んでいるとはいってもあまり関心のない人と結婚するなんて事は、これっぽっちも思わなかったですよ。主人は九十歳近くで亡くなったんですが、それでも私を大事に扱ってくれてね。いい人でした。そして、私のする事には絶対反対しない人でしたね。だから、近所の一部の人達からなんですけど、あの人はと、主人のことを指して、自分の嫁さんになんで商売なんかやらせているのかね、なんて陰口をたたかれているのを知っていても、主人は私が着物を造っていることには、ただ黙って見ていてくれたものですよ。一寸でも近所の人が何か言おうものなら、私の楯になってくれましてね。よく庇ってくれました。いい人でした。」

と、笑みを浮かべながら言われる。まさに、昔は可愛くて美人で、人にこよなく愛されただろうと思われるその面影がのこっています。近所の人達に〝マドンナお婆ちゃん〟と言われているそのものです。

「御主人に愛されていたのですね」

私が茶化す様に言うと、

「そりゃあもう、昔は愛なんてもんじゃありませんよ。でも愛していましたがね。子供達を立派に育ててくれました。感謝です」

と両手を合わせました。

マドンナお婆ちゃんの家族構成は、驚いたことに、何と、曾孫を入れて五十五人の大家族との事。一緒には住んではいないが、九十九歳の白寿祝いの時には、全員一人の欠席もなく集合して、近くの会館を借りてお祝いの席を設けたとのこと。

「みんなが集まってくれた時には、そりゃあ、何と言ったらよいか、自分の子孫がこんなにも居たのだ、と嬉しいやら驚きやらで、亡くなった主人も一緒にいたらな、と思いましたね、その時は。自分の人生で最高の喜びだった!!　ちっちゃい子供と最初に握手をしたのですが、何と可愛いか、『お婆ちゃん!』なんて叫んでくれましてね。勿論、全員と握手しました。私は本当に幸せ者です」

と、サヨさんは両手を広げ満面の微笑みをたたえて叫んだのです。余程強く感激しているそれが、突如爆発したのでしょう。私は、突然のその叫びに驚きましたが、五十五人もの縁者が、それも自分の血筋を引く縁者が、一堂に会しただけに、その喜びは何よりも得難い宝物だったのでしょう。

まるで人間の幸福を一身に集めたそのもの。〝幸福〟の化身とも見間違えたほどの威光が全身いたるところに発しているのを感じたほどです。

サヨさんは、日頃どのように過ごしておられるのでしょうか。

超高齢者のほとんどの方に共通している事ですが、サヨさんも、毎日の生活パターンを決めていました。自分なりに日常的に決めた生活スタイルを持つ事によって、自分は、今日も生きているのだという事への安堵感を肌で感じられるのだ、と言います。こうした感じを受ける事は、自分の存在感を確かめる上において、本人にとっては重要な意味を持つ事なのでしょう。

一日の決まった時間に就寝、起床をする。十時に起床、夜は午後十時には床に入る。

「自分で決めたこの時間は、何か特別の事がない限り、絶対に崩しません。例えば特別な抜き差しならない用事ができたりして時間がずれたりすると、翌日は息苦しくなるほど行動に乱れが生じてくるのです。年のせいかもしれませんがね」

サヨさんの言っている事は見方によっては極端だ、と思えるかもしれませんが、その事は、彼女の潔癖ともいうべき几帳面さの表れなのではないか、との思いもします。まるで時計の針のような日常の正確な動きがそれを物語っています。超高齢者の皆さんの身体はそれだけ繊細に、その上何事においても正確に反応してくるのかもしれません。

朝食後は決まった時間に、洗濯機の無い時代に使用していた昔の洗濯板で自分のものを洗う（これは前述の吉野清吉さんもそうでした）。洗い終わると、新聞広告用紙を利用して小物入れ造りにかかる（これも前述の吉野清吉さんと同じです）。

そして午後二時に昼食。午後七時に夕食。

私が今までお会いしてきた超高齢者（百歳以上の人）を見ますと、若年の頃の彼らなりの活動していた状態が、心身のいたるところに散らばっている様が見えてきます、そして、それが心身の奥底に、現在を生きている活力のベースとして存在しているのが感じられました。これは「生」に密着した経験を経てきている人間誰しもに感じられる事だと思いますが、特に超高齢者の人達には、顕著な形でそれらを感じ取る事が出来ます。何故なら、長い年月の中で多くの喜怒哀楽を経験したその重みが、濃密に染みついているからなのです。そして、平々凡々ではない生活を経てきた、いわば様々な経験がそうさせているのです。同時に、超高齢者ともなると、やりたいことは何でも自由に出来る状態にあります。その原因はどこにひそんでいるかというと、周辺の誰もが百歳という重みをもつ人への心づかいや、やさしい対応があるからに外なりません。それだけに誰も邪魔する者はあらわれない。我が道を好きなように行くことができるのです。それは超高齢者の特権とも言うべきものかもしれません。

サヨさんが、自分の日常生活で自分に合った自分なりの時間を組み立てているそれを崩すことは絶対にできないのだ、と話されたのは前述したとおりですが、それは、超高齢者のどなたにも共通している生活パターンなのだとも言えます。サヨさんの場合には、そこにプラスアルファーが加わります。それは例えば、ハンカチは端と端がキチンと合っていること、着物の袷《あわ》せ目はピッタリする、食卓の箸は整えて置く、等々で、少しでも崩れていようものなら気分が悪くなってしまう。

そうした彼女の几帳面な性格の為す技が噴出させたのでしょうか、お会いしている時、言葉にも時折自分で生み出した格言じみた言葉が飛び出してきます。それは彼女の経験から生じたものなのを理解できました。

「毎日元気でいることです。何があってもくよくよしない」

「自分の事は自分で処理する。一番大切なことですよ」

「病気に罹っても、軽いものであればあまり気にしない事です」

「自分を大切に扱うこと。そして、自分は自分なのだという強い気持ちをもつことです。人が何といってきても自説は曲げません。いや曲げないことです」

「血圧は八十〜百四十をキープしています。この数字はかかりつけのお医者さんから、私に一番適した血圧なのだ、といわれましたので、この数字を守っているのは、私の努力の賜物だと思っています」

このように格言じみたお話をされる有田サヨさんとお会いして感じた事は、人間生きている以上は、どの様な事でもいい、努力する気構えとその事への実践、それが非常に重要な事だというのです。そして、多少の病は気にしない、その事が終生の心身の健康に結びついてくるのではないのでしょうか。

私自身も自分の健康は何にもまして重要な事で、心身の健康があってこそ何にでもチャレンジし、活動ができる、健康が人間の生の証と解釈しても過言ではないと思っています。

（三）頑丈な足踏みミシンで活躍

幸福という事はどう言ったものなのでしょうか？　何を指して、どんな状態を言うのだろうか？　幸福の定義がこの世にあるのだろうか？　古代ギリシア哲学から多くを学んできた私に時折、フト、こうした疑問の湧くことがあります。

「……しかし人が意識に目ざめた最初の時から意識が消えるまで、最も熱心に求めてやまないものは、何といってもやはり幸福の感情である。そして、この地上で現実に幸福は見つからないものだと完全に確信した瞬間は最も痛ましい瞬間である。……」（ヒルティ著『幸福論』草間平作訳）

ヒルティは、人間の幸福というものに対して、懐疑的ともいえる解釈をしている気がしてなりません。私自身、引用しながらもあまりいい気持ちをさせられないのに不満が生じますが、それにしても、ヒルティの解釈は本当なのかな、という思いをしないでもありません。

彼は、幸福をリサーチして行くには、あまりにも奥深く捉えどころがなく困難なのだ、と解釈しているのかも知れません。しかしそれは人によって解釈の異なるものであり、端的に良し悪しで片付けられない処でもあります。

「人間の幸せ」に関しては、私なりに、様々な方向から足元を照らしながら多方面に関与して、人の幸せに対する理論を考査しているので、これ以上ここでは踏み込みませんが、何といっても、人間生きている以上は、自分の満足のいく生き方を全うしたい、という思いの人は大半だと思います。何故なら、人はどんなことをしてでも幸せになりたいと思っている筈で、極端に言うならば、「幸福」の概念はなんたるものか、について、又、基本的なあり方はどうあらねばならないか、等のそれらを理解しているいないに拘わらず、幸せは生きとし生きている万人の生活目標でもあるからなのです。

又、一方で、次のように解釈している著名人も居ります。

一八〇〇年代のイギリスの歴史家・思想家のカーライルですが、彼は人間の幸福について、次のように記しています。

「……一生の仕事を見いだした人は、幸福である。彼には他の幸福を探させる必要はない……」

まさに全身全霊を打ち込んで悔いのない仕事を持つ人は、それだけで十分に幸福なのだ、ということを言っているのです。しかし、なかには、そうした人であっても、色々な事柄に手を出したりして、さらなる満足・さらなる自分自身の幸せを得ようとやきもきする方もおられます。そうなるとうまくいかないもので、そんな時には、自分の興味のある世界に逃避を試みたりして、少しも落ち着かなくなるのです。幸福に対して本当に理解し満足している人にとっては、そんな浮気根性は全く不必要な事なのだ、とも言えますし、カーライルは、真の幸福について、よく理解しなければならないのだ、と教示してもいるのです。

百歳を迎えた矢内早苗さん（仮名）は、まさにカーライルの提唱する幸福論の一断片にマッチした生を得ている人だ、と言えそうなので、その言葉に生涯の仕事をもった彼女を重ねることが出来るのではないかと思います。

矢内早苗さんのお住まいは、布団を扱うお店でした。ご主人は二十七年前に他界され、今は息子さんとお孫さんにお店を譲り、隠居の身と自認しながら自由な生活をなさっている人です。

家屋の玄関はお店の入口を入った奥にありましたが、早苗さんと娘さんが店先に私を出迎えてくれて、早苗さんのお部屋迄案内してくれました。娘さんとはいっても八十歳の年齢ですが、母親の早苗さんとはさして変わらない風貌です。

早苗さんは、二階の何室かある内の十二畳程の一室を自室として使っており、その部屋の真中に、明治時代にアメリカから取り寄せたのだという業務用足踏み式ミシンが置いてありました。その置き方は、人様《ひとさま》よりも大切なものなのだといわんばかりにデンと置かれていました。室内のソファーに落ち着く間もなく案内役の娘さんが口を開きました。

「お婆ちゃんが、今も、商売を切り盛りしていた時と同じように愛用している旧式のミシンなのです。無理はしないように、と注意はしているのですが、と言いますのは、肩が凝ったとか腰がなんとなく重いなんて言うものですからね。困ったものですよ。もうお仕事はいいんですよ、と言っても、人の話に耳もかしてくれません。今もってお店に出す布団袋を縫製してくれているのですよ」

「このミシンです。立派なものでしょう。私の宝なんですの」

娘さんの話を横に聞き流しながら、ミシンにかけ寄り、大切なものを抱きかかえるようにして教えてくれました。余程大事にしておられるようです。

今のミシンとは大違い。鉄で出来た頑丈で大きく重量感のあるものです。そして、私を客扱いもせずに、まるで無視したような仕草で近くに置いてある布を引っ張り出し、ミシンを廻し始めたのです。

足踏みのもので、ミシンの回る軽快な音が心地よく響きます。そしてミシンの台の上に置いた布を手先で器用に滑らせて縫い始めました。真剣な眼差しで、これも器用に足踏みしている様は、とても百歳とは思えない仕草です。

「こうして造って、お店に出すんですのよ」

と、私に説明してくれます。娘さんは何も言わず、そうした母親を見つめたままです。

早苗さんの実家は、東京杉並（現在の杉並区）に広大な土地を有しており、第二次世界大戦中、日本国に軽飛行場として貸しておられた、と言います。

第二次世界大戦の戦火が激しさを増した時に、親から勧められるまま、その地で結婚し、あまり間をおかずに戦火を逃れるように着の身着のままの姿で、茨城県に疎開したのでした。が、生まれた土地が懐かしくなり、終戦を待って杉並に戻り、ご主人が布団店で丁稚奉公していた経験を活かして、布団のノウハウに精通しているご主人と共に布団店を開店したと言います。

その時に、知人から紹介されて、当時では最先端を行く工業用の足踏みミシンをアメリカから購入したとの事。ご主人と二人で店を切り盛りしていた時には、その足踏みミシンをフル稼働して、布団と布団袋を作り、店に展示販売すると同時に、近所にも宣伝をして販売していたのです。まさに全て自家製の寝具一式です。評判が上々だったので寝る時間も惜しんでの布団作りに精をだしたとの事。ご主人は外回りに精をだし、彼女は自分の制作した布団の転売に身を粉にして、まさに全身全霊を出し切って働いた。店を少しでも大きくしたい一心でミシンをフル稼働し、同じ力を出し切って、時には、ご主人と共に動き回る。ご主人の背後からお手伝いさんまがいの仕事をした、とはいえ、まさに、女実業家だったわけです。私の訪れた矢内早苗さんのお店は、随分広い敷地いっぱいに、二階建の大きな家屋です。身を粉にして働いたその見返りなのでしょうか。

「だから家事全般は女中さんに任せきりでした。いまだに満足な食事を作れないのはそのせいかもしれません、おほほほ……」

と娘の方を向いて、相好を崩して語られます。その表情はまるで可愛い幼児の笑顔でした。

二十七年前にご主人を亡くした後は、一階に構えているお店を息子と孫に任せて隠居の身になったのだと前述しましたが、驚いたことに、結婚以来熱中してきた布団袋（布団は手に負えなくなったので、と言います）だけは今だに縫製し、店頭で販売しているのです。彼女自身のアイデアで色彩豊かに布団袋を作って店頭に出していることからみれば、隠居の身ではありません。生涯にわたっての仕事人です。そしてそれらは、今でも、お店の人気を博しているのだ、と娘さんが助言します。

「私は手仕事が大好きなのです。こうやって手を遊ばせておくなんてことは、一向にしません」

「仕事が好きだ」というこの一言が今もってミシンを踏み続け、布団袋の縫製をしている事の本当の理由なのではないのでしょうか。好きなことを気のむくまま好きなように活動する、この事こそ、長寿の一因ともなっている事を物語っています。好きだからどうのという理由は不要かもしれません。

が、長い人生を過ごしていれば、好きな事を好きなようにやっていても、継続している間に何らかの障壁が立ちはだかることもあります。例えば、軽い病に罹ったとか、物忘れが顕著になってきたとかですが、しかしそれらを乗り越えて継続していく。これほど強固な意志が働くには、やはりその人の本質的に備わっている意思の強さが介在しているのだと思えるのです。

彼女は、それを持っている。そして同時に、そこからこよない幸福感を得る。話をお聞きすると、子供の時から手仕事・手を使って遊ぶことが何よりも得意で、両手を遊ばせておくのは耐えられないことだった。本人は、

「手を休めておくなんて嫌なんです!!」

と強調します。彼女の長年にわたる生き様の原点がその辺りにあるのではないのかと、感服しました。

とは言え、毎日、毎時間ミシンと相対してばかりいたのではない。亡くなったご主人と店を切り盛りする傍ら、子育てが終わった時期から、高齢者のスポーツであるゲートボール競技に興味を持ち始めたのだと言います。

特殊なスティックで、小さい球を地面に設定した狭いゲートを潜らせながら最終地点まで運ぶ。その間に、相手の球を押しのけ、そして邪魔しながら得点を稼ぐ。一チーム五名で相手のチームと闘う競技だ。この競技には厳しいルールが課せられ、五名の内の誰かがミスをすると減点、打った球があらぬ方向に飛んだりすると減点、そんな時にはミスをした人は、五名の内の何人かから白い目で睨まれる。時には罵声を発せられる。それだけに一定の力量をもって参加する事が前提となって勝敗を競う競技なのです。何にせよ、得点を稼がなければならないのです。

それだけに、終了までは緊張の連続であり、場合によっては楽しい筈のスポーツが苦しいゲームに変身する事を覚悟しながら参加しなければならない部分も含ませています。時によっては、仲間外れにもされる、そんな厳しいゲームなのです。

しかし、早苗さんにはその方の才覚があったのか、常にチームのリーダー的存在として、チームの皆を引っ張って競技に参加し、負けるようになると叱咤激励を飛ばす事が時折あったのだと言います。とに角チーム全体が一丸とならなければ、負けてしまう。どんなことがあっても勝たなければならない、という意地があり、その精神を皆に理解してもらいスティックを振る、早苗さんはそれが自分のモットーだったと言います。何とも勝気な女性だったのでしょう。

まさにその精神で勝ち進み、早苗さんは九十三歳迄ゲームに興じ、地域で優勝すると、地域代表として国内各地の試合に参加することになる。北海道から沖縄まで足を延ばし、十五個の優勝メダルを獲得したのだ、と言います。その時々に獲得した賞状とメダルは額縁に入れて、自室に飾っていました。

又、五十八歳の時に三味線の師範を取得し、近所の人を弟子に迎え大活躍をした、ともいます。

彼女は両手を遊ばせておくのに耐えられないだけではなく、一刻もジッとしてはいられない性格でもあるようです。百歳の今でも、少し身体がだるくなったと感じると、散策を理由に外に出たりする。共に暮らす娘さん一家はヒヤヒヤしながら見守っているが、注意されると嫌がるから黙認状態なのだ、と言います。

食べ物は家族が買い出しに出向くが、これを食べれば身体にいいよ、と勧めても、馬耳東風、聞く耳をもたない。自分の身体は自分が一番よく知っていると言っては、好みのものだけを食する。

「永く生きる」この言い方はあまり良い言い方ではないかもしれませんが、意識しようが意識しまいが、永く生きようとする人は大勢いる筈です。ただ言える事は、永く生き抜くためには、先ず自分自身を良く知るという事がなければなりません。この事も意識的無意識的は関係なく、自分を知ることは、自分の心身の仕組み・状態を知る事を前提に置くことが必要になってきます。早苗さんは、長年生きてこられたその経験から無意識ではあっても自分自身を良く知っておられるのではないかと思いました。

人の言う事を聞かず、まさにマイペースで自身の好みを理解し、自分の思った事だけを押し通す。他人から、これは身体によくないからよしなさい、この食べ物は胃を壊しますよ、とは言われても、自身の身体の状況をよく理解しているからこそ、馬耳東風を貫く。他人、仮令《たとい》肉親ではあってもその人の事は分からないものです。

特に近親者や肉親の方が百歳以上の方に向かって、

「自分の事となると本当に頑固なんだから」

と評言する言葉を聞く機会が多々あります。しかし、そのように評言をされるのは、評言の対象となっている当人がよく自分を理解しているからであり、理解しているそれが自信につながり自己主張を押し通し、頑固になるのです。

この事も超高齢者のもつ要因の一つなのだ、と数えても良いと思います。

大概高齢になると、テレビが大好きで、前に陣取って動かない或いは身勝手な理由をつけてテレビ観戦に夢中になるものです。特に番組を選ぶわけでもなく、釘付けになるのです。極端ないいかたをすれば、誰が何を言っても動じない。これは一般的な高齢者の風潮なのかもしれません。

が、百歳の彼女は、テレビは見ない、余った時間は自室で何かしら細々とした事をやっている、ジッとうずくまっている時間は持たない、これらが百歳の彼女の日常生活の一端でもあるのです。

「私は、こんなに元気に生きているのに、ジッとしているなんてことはできますか。何度もいいますが、勿体なくって、勿体なくって。それこそ神様にどやされますよ」

と言います。自分で自分を律しながら動き、他人からの世話は受けないばかりではなく、自分の本能と意思の力で日常生活をこなしている、それが彼女の生き様なのです。その上、早苗さんは、大柄な身体と相似して、心身ともに頑健な人という強い印象を受けましたが、その事も、彼女の長生きの要因の一つに数え挙げられるのではないのか、と思いを深めた次第でした。

超高齢者の方には、何かしら凡人と異なった特質が備わっているのだ、と解釈するのは、或は失礼に当たるかもしれませんが、そう思わざるをえない何かを感じました。その何かについてはまだ私の裡で整理はついていませんが。

早苗さんから、別れ際に握手を求められました。その大きい手とそこから出る強い握力で痛さをジッと我慢しての、まさに圧倒されたお別れでした。益々お元気で‼と言おうとしたが、その言葉が一瞬喉元に詰まって、感謝の念を持ったまま目礼してのお別れでした。

（四）世情を闊歩する頑強な男

何人かの百歳以上の方々とお会いしてみますと、ほとんどがそう感じるのですが、百歳なのかな？と思えるほど元気で矍鑠《かくしゃく》としているのに驚くばかりです。

長身の身体をまっすぐに立ててゆっくり歩く橘不二男さん（仮名）もそのお一人です。姿勢を正して、ベレー帽を頭に載せて静かに歩く。身体のどこかが悪いからというわけではありません。その身辺に漂う空気から察するに、強固な意志の持ち主、とも見えます。

健康はまず姿勢から、とよく言われます。健康でいる為には、正しくしっかりとした姿勢を取り続ける事は重要な事です。逆に、悪い姿勢を取り続けると、心身のバランスが崩れます。この事は誰しもが理解している事です。猫背や首が前に突き出した姿勢は、高齢者によく見受けられる光景ですが、それは老けの姿勢なのです。すると、心まで老け込んでしまうことになります。健康を保つには、胸を張り顎を引くことを意識しながら大股に歩く、その姿勢は、周囲を良く見渡せて、新鮮な自然の恵みを全身に浴びることが出来、健康には欠かせない唯一の健康法でもあるのです。当然それに付随して、神経も生き生きと活性化して、心にも勢いが見られます。
まさに、不二男さんはそれを実践しておられる人です。

不二男さんの話し方と言えば、一端口を開くと、得々と出てくる言葉にブレーキがかからなくなる。一時停止してくれないかな、と思ってもそれが本人に伝わらない。延々と続くのです。その姿はお喋りジイさんを思わせます。超高齢者には見えないばかりではなく極端な言い方をすれば、心身ともに中年の若さのたぎっている人に見えてきます。

自分に絶対の自信をもっている人は、自分のどこかに自分を特徴づける何らかの印《しるし》をつけたがるものです。その良し悪しを、特に問うことでもないのですが、印をつける事によって、外部的に自分を際立たせるといった心理が働いているものです。そして、それがいつのまにか、自分で自分に言い聞かせている己の自信を、自分なりに自分の裡に不動の位置として定着させてしまう。この傾向は、特に高齢者の人達に見受けられる一つの現象でもあるのです。
この事をもう少し深く掘り下げて考えてみますと、そこには、不動の「頑固さ」が横たわっているのが見えてきます。こうした現象は不二男さんにもあらわれていました。

不二男さんは、どこに行くにしても、今時珍しい木製の下駄を履いて行く人です。それも、鼻緒は太くて黒いものを愛用しています。三十歳程若い奥さんには、この太さでなければ世の中を歩くことはできないのだ、と申しつけているとの事。昨今、どちらを向いても見受ける事の無い、厚い木で出来た木製の下駄で闊歩するのです。見た目にも、頑丈でずっしりした重さの感じられる下駄です。その下駄に合わせるように、ベレー帽を頭に載せ、和服を着こなし、袴を着用して闊歩するのです。まさに明治時代の人物の現出を想わせるスタイルで、闊歩というより肩で風を切って歩く、といった方が適切かもしれません。行き交う人が珍しいものを見るといった視線を浴びせるのだが、一切無頓着を決め込んでいます。

たまに知人と行き交うと、鷹揚に片手をあげ、近づいて行って握手をする。頭を下げることなく握手をするというのが、不二男さんの、独特な挨拶なのです。そうした挨拶は、相手に一見高圧的のような印象を与えますが、本人はいたって物腰の柔らかさと、謙虚さを持っている人なのです。それは、彼の柔らかな表情を見ることによって納得できることでした。

面談してずいぶん経った後の事になりますが、私が、自分の用事を足した帰路のことでした。路上でばったり不二男さんにお会いした事があります。相変わらず大手を振り振り、付き人のような友人と一緒に闊歩してくる彼の姿が、遠くから分かりました。お会いして数か月過ぎている時だったから、私を忘れているだろう、と思ったものですから、もし相手がそのまま行き過ぎるようなら知らなかったことにしようと、相手に目を向けずに歩きを緩めることなく進んでいたのです。ところが、数歩前で行き過ぎようとした瞬間、私を目に留め、突然、片手を鷹揚に振りかざして握手を求めてきたのでした。完全に私を認識していたのです。私は戸惑いながらも、「おー」といった調子で握手で反応したのですが、その時の百歳の不二男さんの握力の強さに二度ビックリ。何という元気さと強さ。思わず息をのんでしまったものです。


不二男さんは、七十歳位から趣味で始められたという水彩画を、百歳の今も、時間を惜しみながら着手していました。

「忙しいんです。毎日毎日が本当に忙しくって、なんでこんなに時間が無いのだろうと思いながら過ごしていますよ」

と彼は、大様な仕草をまじえて、私との対話の間、何度か自分をアピールします。

マンションの自宅の応接間の壁面三方には、色彩も鮮やかで、今にも大型の掛軸の中から飛びだしてきそうな王朝時代の艶やかな容姿をした女性の姿態や、和服を着こなした現代日本人女性の姿、等々が、一枚一枚に堂々と描かれているのが所狭しと飾られています。

室内は異様な華やかさを放って、まるで美術館の雰囲気です。しかし不思議な事に、その美術館のような雰囲気は少しも違和感を覚えさせません。超高齢者の不二男さんが部屋の中に立つと、その姿と見事にマッチする情景を醸しだしています。特に若い奥さんが彼の側に立つと、人間とそれらが一体となって、室内に溶け込んでいくようにも感じられます。まさに不思議としか言いようのない雰囲気なのです。

凡人の私などには、腰を落ち着けてゆっくりくつろげる応接室とは縁遠い雰囲気だな、と思うと同時に、余計者が室内に紛れ込んできたな、と怒られそうでもあります。多分私は意識しないままキョトンとしていたのでしょう、そんな私をどう見たのか彼が言葉をかけてきました。

「良かったらこの陳列しているなかから一つ差し上げます。これと思うものを選んでみてください、これらは、中国の上海で展示会をしましたし、これなどは（頭髪を腰辺りまで伸ばした横座りで横顔を見せている妖艶な和服姿の美女の絵）アメリカのボストン美術館に展示したものです。気に入られたなら、お持ちになりませんか」

不二男さんが、お持ちになりませんかといってくれた絵をよく観察すると、それは、平安時代頃の艶やかな衣装をまとった妖艶な姿の美女を描いたものです。こんなに貴重なものを

‼と思いながらも私は首を縦に振っていました。

そうかと思うと、不二男さんは、軽い身のこなしで隣室へ行くと、今度は、幅二メートル程の中折した屏風を抱えてきました。開くと、トラと老人が遊んでいる姿が大きく描いてある。その側に華奢な姿の若く美しい女性、それを横目で見ながら、老人は酒瓶を片手に盃を口に運んでいる色彩豊かな絵です。

「どうです。見事でしょう。この老いぼれは拙者です。どうですか、この屏風を背にして一献傾けませんか」

お酒が大好物だという彼が誘ってきました。一献傾けるのはいいとしても、見事な絵画です。アルコールは一滴も受けつけない体質の私は、遠慮するしかありません。もし、体質的に可能ならば、近くの酒屋に走っていって、一升瓶を片手に一目散に戻って来るほどの魅力のある絵画でした。


元気いっぱいの不二男さんは、大柄な身体に似合わず敏捷に動きまわり、少しの休む間もなく、今度はアトリエに使っている隣室に案内してくれました。外を闊歩する時の様子とは、まるで違う動きです。

廊下を隔てた隣室の六畳間程の部屋には油絵具や掛軸、筆、日本紙の束等々が雑然と散らばっています。同行した若い和服姿の奥さんは、私に何かを訴えかける仕草をしながら、一寸困惑した表情で私に視線を向けて言葉を挟んできます。

「主人はあたりかまわずに散らかし放題ですの、お恥ずかしいですわ」

そう言いながらも、ご主人の方を流し目で一瞥します。しかし、その言葉とは裏腹に、不二男さんに尊敬と畏敬の念を抱いている様子が、仕草や表情に見てとれます。そうした様子は年齢差のない中年夫婦そのものに見えました。そして、奥さんは、自分の主人が百歳になろうが二百歳になろうが年齢などは気にしていない、と思っているように見えました。今時こうした女性はいるのだろうか。従順そのもの。その様子から見えてくるのは、ご主人を大切に扱い、従順に仕える素直で心優しい、古風ともいえる日本女性の姿です。そうした若奥さんの存在が、不二男さんに力強い活力を与えているのかも知れません。


不二男さんは、多才の持ち主で、絵画に精を出す傍ら、百人一首の一首一首毎の解説もしておられました。読ませてもらうと、それは、彼独特の解説ですが、独学をして書いたものだとの事。その上、一首一首に、さらに彼独特の注釈をも加えています。それを一冊に取り纏めて（自分で紐を通して製本している）完成した数冊の冊子体を見せてくれました。

「これは全くの自家製なので、一寸粗雑な印象を与えますが、私なりに精魂を傾けて作ったものです。これも一冊差し上げます。お持ち下さい」

私は面白いものだと思い、遠慮なくいただいてきました。

各々の表紙には、室町時代の公家の若くて美しい奥方（頭髪を腰辺りまで垂らした）を赤・黒・緑等の色を上手く調和させて描いています。

それに片がつくと、今度は、〝日本民族の危機〟と題した一冊の自家本を出してこられた。パソコンで打ち、これも自分で装丁し製本したもので、内容は日本の昭和初期から関係したアメリカを加え、オバマ大統領までの歴史的な事柄が記述されています。他にも沢山の自家本を見せてくれましたが、全部自分のパソコンで記した、謂わば自家製の著書です。

お会いした時から、全く芸術的な雰囲気の中にどっぷりつかったような時間を過ごしたのだったが、実は、お話をお聞きすると、彼の経歴は芸術とは縁もゆかりもない人生を歩んで来られた方だったのです。

第二次世界大戦に学徒動員でかりだされ、山本五十六大将の高級副官である叔父さんの計らいで海軍に入隊させられ、〝戦艦武蔵〟に乗船し参戦したと言います。大学では英文学科専攻だったので、英語力を買われた事も一因であったと本人はいいます。

復員後は、何をしたらよいのか路頭に迷った時もあったが、知人等の計らいで新聞社に勤務、そして中学校教員、出版社と渡り歩いたものの、苦労の連続でした。

「世間は冷たかったですよ。食糧難、その上着るものも自由に調達できず、好きなお菓子を頬張るなんてことは、夢のまた夢でしたね、奪い合いの競争でした。仕事なんて、要領の良い奴にみんな取られましてね。今では想像もつきません。兎に角過酷な世の中でしたから」

しかし負けず嫌いの性格から、苦汁を飲まされながらも努力を重ねた、と言います。

「自分は後ろは振向かず、全てにおいて前向きに生きてきました、その努力が百歳の今を迎えた、と思っています。こんなことを言うと変ですが、人間、我慢と努力、過去を見ず、嫌な事や嫌な人間は、直ぐに忘れる、今です、今が一番大事なんです。そして、自分は誰でもない、自分なのだ、と心の中に刻むことです。それをようく認識することです。私はそう生きてきたし、今もそうして生きていますよ」

と語ります。これこそが不二男さんの生き様なのです。私はそのように直感しました。そしてそれはまさに百歳の人の生き様であり、和服と袴姿にブ厚く大きい下駄をつっかけて歩く風体なのかもしれません。

不二男さんはその一つの例を、語ってくれました。

七十歳の頃、字が下手だと評されたのに反発して、当時、家の近くにあった中国書道連盟に弟子入りして書道を習い始めた。丁度絵も描き始めていたのだったが、書道家の先生から、絵と文字は一体でなければならないのだ、と教わって更に奮発。そして絵画と文字の一体化を目指して習得に励んだのでした。

大きい掛軸の絵に短い文章が書かれています。私の頂いた美人画にも達筆な文字が書かれています。いや、絵画という絵画に必ず短文が書かれていますと、よく見ると、絵画の中に達筆な短い文章が溶け込んでしまっているように感じられました。

とにかく不二男さんは、病気している時間も余裕もない。何事かを極めようとするかのように次から次へと脇目もふらずにチャレンジ精神を発揮して前進しているようです。

今では邪魔する者は誰もいない、自分の確かな目的に向かい、思うがままに心身を傾注できる、生命を長く保つには様々な要因が心身に影響を与えてきますが、長年「生」をまっとうしてきたその中で不二男さんにぶつかってきた事柄の、その良し悪しは別として、戦中、戦後の激しくも厳しい経験が身体の中に染みこんでいるのではないか、と思えます。不二男さんの目は輝き、大柄な身体の動きは軽やかです。

社会という一定の枠の中で生活を営んでいる人間は、好むと好まざるとに関わらず、社会や世間の動きに翻弄されるものです。そこには必ず競争の原理が働き、勝敗が発生します。

その勝敗という目に見えてくる現象が、気の弱い人にとって、どちらに傾いても、本来の自己を見失わせてしまう場合が多々あるものです。自己を見失う事になった人は精神・肉体を蝕ばまれ、生命の存続にまでをも影響受けてしまいます。

しかし、生じた現象に立ち向かうということは、この世に生を授かった人間の定めでもあり、決して逃れることの出来ない宿命でもあるのです。

しかし、不二男さんには、宿命であろうそれらを、勇をもって遮断しているようにも見えました。繊細な一面をもっていながら、何事に対しても馬耳東風を装い、自分の眼前のみに全身を傾注しているのです。これは自己防衛とも取れなくはないのですが、しかし、このことは不二男さんに限った事ではなく、百歳以上の人達みんなが持っている、共通部分でもあるのだ、とも言えるようです。何故なら、自分に深刻に関わりのないと思われた事柄に関しては、聞く耳を外してしまう傾向があるからです。私にはこの事も、超高齢者の生き様の一端なのだと理解できたことでした。

不二男さんの日常生活といえば、今まで記した部分からある程度一日の過ごし方が推測は出来るかと思いますが、自分の趣味以外の事では、世間の情報源として新聞には目を通すが、テレビは、ニュース・ドキュメンタリーに限ってスイッチを入れるのです。

「自分は、世の中の事件や災害には機敏に反応しますよ。しかし今の世の中は本当に事件が多いですね。どうしてこのような世の中になったのでしょうか。私の若い時分は、情報源と言えば新聞やラジオ位しか無かった。しかし、テレビが開発されて映像をみれるというよい面はありますが、放映される番組といえば、つまらない物語や意味もなくキャーキャー騒ぐ若者達ですね。うんざりする番組ばかりですよ。それにしても事件はあまりにも多すぎます。何とかならんもんですかね」

と畳みかけるように言います。

「ですから、私は、詩作や創作をして私自身の心境を吐き出す事にしています。それらを後に残す為にね。ただそれだけですがね」

そして、自分の心境を記録したそれを証明するかのように、不二男さんは、私に一片の「詩」を見せてくれました。百歳にして頭脳・感覚は少しも衰えていない事が理解できます。

本人に了解を求めて、ここにその一片を紹介します。

「赤いランドセル」

・・・・東日本大震災、陸前高田市・・・・。

（姉・小学校六年生　妹小・学校三年生）

楠不二男作

妹の遺品を抱えて　うずくまると　地の底から
まつわりつくような　妹の叫び声が聞こえる
遺品をだきしめ幼い姉は号泣した

あの日の事
姉の手から妹はすり抜け　悲惨な一声を残し
津波にさらわれた　一瞬のことだった………

赤いランドセルの見えかくれして　沖へ沖へと　ながされ
やがて波間に消えた　姉は校庭の庭の旗柱に挟まれ
もがきながら失神した

今も波頭を見ると　姉は身も魂も凍りつくという
それでも　夕暮れには　妹が「只今」と
駆け込んでくる気配に　涙している

何と胸に突き刺さるこの悲惨な情景なのでしょうか、そしてどうしようもない悲哀の涙をさそう詩でもあります。不二男さんは、創作したこの時の気持ちを坦々と語ってくれました。が、その口調の裏側にはどうにもできない自分の無力さに対する悔しさが隠れているのを感じられました。

不二男さんの幼少の頃は、親兄弟姉妹の誰の手にも負えないヤンチャ坊主だったと言います。特に悪い事をしたわけではないが、頑固で言うことを聞かず家族には大変な迷惑をかけたものでした、と言います。そんなところに不二男さんの姿があるのかもしれません。人を見る目は鋭く、そして感じやすい。そしてチャレンジ精神が旺盛で物事に対しては少しも怯まず猛突進する、それは百歳の今も彼の裡にそのまま残り、今でも時折、表に出てくるようです。

（五）老人ホームでの人気者

現在、某老人ホームに入居している安達愛さん（仮名）は百五歳を迎えられた人です。ここ、愛さんの入居している某老人ホームでは、百歳台の入居者は、愛さん一人だけです。ホーム内で、「この人百五歳なのよ」と紹介された時など、誰もが、「おお！　すごい！」といった感嘆の声をあげたといいます。その当事者である愛さんに接してみますと、意外にも平然とした風貌と態度と身のこなしのする〝お婆ちゃん〟でした。

ホーム内では、〝お婆ちゃん〟の愛称で呼ばれている愛さんは身のこなしが軽やかで、何事にも特に気にしない。問われた事には簡潔的確に答える。色々と相談にくる入居者もいるのです。時折、言葉に濁りがまざるが、聞きづらくはないので、相手はついつい話の中にひきずりこまれてしまいます。入居者の誰からも人気を博している一番のもとは、いつもにこやかな表情で、接した相手の心をなごませるところにあります。百五歳という長い人生経験からのもので、これらが、彼女の生まれもった人柄・温厚さにプラスアルファーされたのではないかと思います。

そんな愛さんは、快適なホームの中で、元気な毎日を過ごしておられます。そのホームから少し離れた地域に息子夫婦が居を構えています。息子と言っても年齢八十歳を数える高齢者です。自分の孫までおられるというその息子が、彼女が元気なだけに自分の自宅に引き取り自分が面倒をみたいという強い意向を持っていて、訪れるたびにその意向を伝えるのだと言います。しかし、いくら身内とはいえ、それも自分の腹を痛めた息子であるとはいえ、同居するのというのを躊躇するという事は理解できる範囲にあるかと思います。同居することは、愛さんにとって、安心感を得られることはあるでしょうが、本人にとっては、快適さと安心・安全はなかなか両立のしないものなのです。

愛さんは、路頭に迷う羽目になっても同居は嫌だと頑強に突っぱねると言います。

「息子と同居するのだけは嫌なのです。お互い気を遣いますしね。息子は、なんでも自由にしていいのだよ、とは言ってくれますが、そうはいきません。実の息子だとは言っても結局迷惑をかけることは目にみえていますからね。と言ってアパートの一室を借りて住むわけにもいきません。言いたくはないのですが、私も少しは身体の不自由を感じているものですから、ここに入居させてもらっているのですよ。でも私の選択は間違っていません。こうしていて、本当に皆さんに良くしてもらって、こんなに幸せな事はありませんよ」

と、合掌する。彼女は、足腰が不自由なだけで、あとはどこが悪いという訳ではない人なのです。

しかしその時、私の脳裏に、愛さんの言われた、「……結局迷惑をかけることになりますからね……」という言葉が、驚きと共に鋭く突きささってきました。百五歳にして何という気丈さか。百五歳の年齢の人が、このように言い切れるのには、まだまだ心身が健康で頑強だからなのです。

（五）老人ホームでの人気者

高齢者・超高齢者に関わらず、親類縁者（子供や孫）との同居を敬遠する人は多いようです。誰にも邪魔されず、自分で自分の思うように動き回り、自分の意志で自由に判断したい、そしてわずらわしさから逃れたい。その気持ちが、何をさておいても先行するようです。この現象は壮年層、若年層にも見られますが、特に超高齢者に多いようです。何故なら、頑固だという一面もありますが、誰彼から、要らないところまで気を使われたり、同情されたり指図されたりする事に耐えられないのです。

私の身近に居られる人にその一例を見ることが出来ました。彼女は八十三歳ですが、夫が健在の時には息子夫婦と同居していたものの、夫が亡くなった後、息子達の大反対を押し切って自分でアパートを借りて自活を始めたのです。特に持病を抱えているという訳ではないが、すぐに風邪をひいてしまう軟弱な身体でもあり、それを熟知している息子達は心配しているのです。が、彼女にとって、それも煩わしい一つで、自分の事は自分がよく知っているから、肉親からとはいえ、同じようなことを傍から言われるのには耐えられないのだ、と言います。

夫が亡くなった後、アパートに入ってようやく一人になり自分を取り戻し、自分なりの生活が軌道にのりだし、気持ちに多少の余裕が生じた時だった。郷愁とでもいうのか、息子夫婦に与えた家は自分達夫婦で建てた家であることから、懐かしさと共に、生まれた時から可愛がっていた中学三年生の孫とも会いたいという気持ちで胸がいっぱいになったのでした。そして何の煩うこともなく、気楽な気持ちで息子の家を訪ねたのです。そして、初めての訪問だというのに、思いもよらない嫌な出来事があったのだと言います。

かっては、自分達の使っていた部屋は孫の勉強部屋に代わっていて、何か月も経っていないのにこの家に自分の居場所はもう無いのだ、と思いながら、それでも自分達が使っていた時の想いもあって、勝手に部屋の隅に荷物を置いたのでした。すると、そこへ息子の嫁がやってきて言うには、

「ここは使わないで下さい。もう間もなく子供が学校から帰ってきますから、居間の方を

お使いになって下さい」と剣もほろろの言い方。

「あら。そうなの」

と返事はしたものの、バック一つだけの荷物なのに、ここに置くなと言うのはあまりにも無視した他人扱いにム！ときました。

そして夕食の準備の時にも、同居している時のように、対話を交わしながら流しの前に立ってコトコトやろうとした時です。

「あ！　それは違います。いじらないでください。いいんですよ。テレビでも見ていてくれませんか」

「では、〇〇〇ちゃんと遊んででもきましょう」

学校から帰ってきた孫が、〝おばあちゃん、いらっしゃい、久しぶり〟と言って自分の部屋に入った孫を思って、子供部屋に行こうとした時です。

「勉強の最中です。構わないでください。今が一番大事な時ですから。よろしくお願いします。私達も邪魔しないように気を遣っているのです」

中学校三年生の今は、高校受験の準備で大事な時期なのは理解できる。しかしもう少し言い方というものがあるのではないでしょうか、と彼女は苦言を呈する。

夫共々一緒に住んでいた時には、自分の事には従順に従っていた息子の嫁が、その時とは全く違う語気の荒らさ、まるで邪魔者扱いそのもの、口うるさく制限されたと言うのです。結局、四・五日泊る予定を二泊にして、早々と狭くてきれいでもないアパートに帰って来た、そしてホッと一息つき、ようやく自分を取戻したというのです。その時以来、息子夫妻の、本当は自分の家、には夫に関係した用事がない限り足を向けなくなった。少し寂しくなると、一寸遠いのだが、近県に家を構えている娘夫妻を訪ねて気分を癒したと言います。嫁と喧嘩をした訳ではないのだが、嫁との関係がぎくしゃくした事を知ってなのか知らずになのかは分からないが、二泊して帰ったその時から、息子が一人で私のアパートを訪れて来るようになり、時には泊まってそのまま会社に出勤したりすることもあります。孫は受検で忙しいので来れないことは分かっているが、嫁の方は一度も来たことが無いのです。

こうした逸話は、よくある事ですが、高齢者に至っては、些細なトラブルが生じると、それから逃れて己を守るべく、保身に走る方法をとる傾向が多々あります。そしてその場を自分の生活の場所として確保し、唯一の自分の居場所と定めて安堵する。この様な傾向は高齢になればなる程、自分の世界を持つべく、希求してやまないもののようです。

愛さんは、前述の八十三歳の彼女とは事情が異なってはいるものの、ホームの一部屋を自分の根城として、誰にも文句も言われず邪魔もされず、安心のできる自分の居所を確保していのです。一人部屋、それが彼女にとっての自己主張の場でもあったのです。

「自分は我儘を押し通した、でも神様は許してくれますでしょう」

と真面目な表情ではっきりと言います。息子の誘いを断ったことにうしろめたさを感じているのかもしれません。

こうした場面での息子の立ち場としては、母は高齢だから少しでも長く側にいて面倒を見なければならない、という強い意識の働く事はあります、しかし母親は、特に高齢の母親に至っては、一人暮しで寂しい一面はあっても、側で口うるさく言われれば言われるほど、一人で居た方が良いという方向に向かう事になるのはどこの親子でもあり得ることです。

愛さんは余程耳が遠く、対話には反復が多く生じました。しかし声には張りがあります。元気そのものです。加齢から足腰の弱くなったのは別にして、これまでに病気に罹った事は無という、風邪をも寄せ付けない元気者なのです。いまでも身の回りの事は全部自分でこなす。人に手伝ってもらうことは嫌なのだ。兎に角、身体は使わなくてはならない、使わないと衰えてしまう、という事を良く認識しているようです。

人は歳を取るに従って、脳の重要な部分の神経の数が減って行くと言われています。脳の神経が減ると、どのような現象が表れるのかと言いますと、物忘れが激しくなる、新しい事がなかなか覚えられない、等々です、また、動かずにテレビばかり見ていたり、日光浴といって縁側でポカンとして居たりすると大脳の働きが鈍くなる、とも言われます。が、医学的な観点からすれば、高齢者だから仕方がない、或いは、歳を取ったのだから覚悟はしなければならないことなのだ、等と言われます。が、その解釈はいかがなものか、と異議をとなえたくなります。何故なら、人間の細胞は新陳代謝しているのであり、運動したり頭を使う事によって新陳代謝が活発に行われ、歳だから、高齢になったのだから、という戯言は通用しないのではないかと思われます。人間の身体はどの部分であっても使わなければ衰えるし、使うことによって新陳代謝が行われるのです。一番目に付くのは足腰の衰えでしょう。従って、動く事、家事などを意識して行う事、身体をジッと留めておかない。これらは大変重要な事なのです。超高齢者の人達は、人間の細胞がどうのこうのを理解していようがいまいが、とにかく人は動かなければ衰えるだけなのだ、という事を良く知っておられます。だから、超高齢者が心の底から発信している事は、「動け！　働け！　怠けるな！」という叫びなのです。

愛さんの生き方を聞いていると、百歳を超えられて尚も「生」への力強い欲望を持っておられるのを感じられたことです。元気さがあればこそ、の事ではあるのだが、それは超高齢者の多くの人に同じように見受けられる現象ともいえます。

彼女は書道を趣味としており、今も一日の中で一定の時間を決めて筆を走らせています。その達筆な成果物は、数本の掛軸に収められており、本人に言わせると、

「出来上がったのは多くの人に差上げましたの。今残っているのは一部分だけですけど、筆を走らせることは本当に楽しいので、今でもどんどん書いていますよ。でもね、そうそう昔のように自由闊達には書けなくなりました。歳なのですねー」

ニコッと笑みを浮かべながら話する、その言葉にいろんな意味を含ませているのを表情からくみ取ることが出来ました。自分はまだまだやれるのに、という意気込みも含まれているように感じます。

そして、強い語気を込めて発されたこの言葉に私は思わず微笑んでしまいましたが、自分が百五歳だという年齢を忘れてでもいるのか、彼女は露骨に残念無念の表情なのです。典型的な負けず嫌いの顔です。

食事に至っては、ご飯は硬めのもの。好き嫌いは一切なし。甘菓子、硬い煎餅は大好物、歯の半分は自分の歯で、本人は、なんでもこの歯で砕きますよ、とあまりきれいでない歯を

私に見せます。

それだけではない。若い時分から、食糧難等のいろんな苦難が降りかかってきても、くよくよしなかった。そしてどんな事であっても、深くは考えない。何事にも逆らわず、自然に生きてきたし、生きていく事、と語る。

「人との接触にはいろんな場面で抵抗はあるのですが、こう見えても私は、環境への対応はいたって柔軟さを持っているんですよ」

長生きということ、それは同時に健康寿命の長い事に繋がらなければなりません。言うまでもない事だが、健康でなければ何事もなしえません。健康を維持するには具体的には、どのような事をしなければならないのか、当然のことながら「努力」が必要不可欠な事ですが、超高齢者の人達に接してみますと、彼らは、自分なりに会得すべき秘訣を自分の身体に合った形で理解し、努力し、その上で日常生活を、自分に合った形で実践している事が理解できました。同時に、そこには無類の力強さが潜んでおり、時にはオーラさえ見えてきます。

（六）時計店を切り盛りするお婆さん

人は生まれながら遺伝子の詰まった細胞によって造られています。その生存に関わる事になるのですが、遺伝子はその人の家系からの影響を受けているのでしょうか。親がそうだったからあなたもそうなのです、と言われることは多々あります。それは、暗黙のうちに、貴方はこれこれだから、それは家系から遺伝してきているのですよ、と言われることになるのです。特に、生存年齢に関して指摘する方は多い。短命・長命がまさにそのターゲットになりやすい。

しかし私はそのことをあまり信じたくない部類です。何故なら、特に生存年齢に関してそうですが、それは、その人の育った、そしてその人に与える環境からの影響が非常に大きいと考えるからです。身辺の空気、住んでいる地域によって、異なる食材と食習慣、その地における人間関係等々がその人に与える影響は大きいのです。

古代ギリシアの哲人、アリストテレスの言っている事ですが、

「……人間は誰でも同じように基本的に備わっている知能・能力を持ち合わせている……」

こう言う根底には、人間は生まれた時、誰しもが同一の能力をもちあわせている。同一の能力を各々の路に変えるのは、置かれた環境以外には考えられない、とアリストテレスは教えているのです。

と同時に、誰しもに同じ能力が備わっているとは言え、それを潜在したまま表に出さず仕舞いの人と、持っている能力を出す人とに分かれます。そして同じ環境に身を置いている者同士でも、努力する者とそうでない者との間に、当然のことながら差が生じてきます。その事が、生命の長短にも影響を及ぼしてきます。努力するという事は人間にだけ与えられた特権です。与えられた特権を充分に活用してこそ長寿の武器ともなりえると思っています。

百二歳になられる山岸キヌさん（仮名）にお聞きすると、期せずして、とでも言えるのか、父親が、八十歳でお亡くなりになられたとの事。すると、現在百二歳になるキヌさんとの遺伝の関係はどのように理解したらよいのかと私は、初対面にもかかわらず、私に愛嬌のよさをみせつけたキヌさんを見て思ったのです。父親だけではなく、家系的にはどうなのか。お話では、体質が父親と似ているのだろうと言います。母親は早くに亡くなっているともいいます。キヌさんは、自分は父親似だという。父親の体質を受け継いだとはいえ、年齢的にキヌさんより若くして亡くなられている、すると、キヌさんと遺伝を結びつけて、百二歳のキヌさんを視ようとする事は無理なのかもしれないと思えてきました。が、遺伝子との関係もさることながら、年齢の長短に関しては、生存している環境との関わり、その中での生活意欲の問題等が大きく関係してくるようです。

第二次世界大戦の戦前に生まれ、戦争に巻き込まれながら、荒々しい世相を切り抜けて、いわばその都度、死に物狂いで生きてきたキヌさんの努力が百二歳という年齢を迎えている現実があります。

いずれにせよ、彼女の「生」に対する努力と執念は人並み外れているのは現在の生活姿勢からも想像できました。

キヌさんは結婚当初から時計店を開業し現在に至っていますが、今は息子夫妻に店を譲り、隠居の身となっています。大きい二階建ての家屋で、一階が時計や貴金属を陳列した奥行きのある店舗となっており、二階が家族の住居です。その一角にキヌさんの部屋があるのですが、その部屋に隣接して外側に面した長い廊下があります。

キヌさんは午前四時に起床し、その長い廊下を、買い物籠付の手押し車で、何度も往復するのが日課の一つで、一日も欠かしたことがない。隠居の身となった当初は早朝に屋外での朝の散歩を日課としていたのだが、百歳の切れ目で、リハビリを兼ねた屋内の散歩に切り替えたのだといいます。それは、足腰の弱くなったのを自覚したからなのです。その時、対話に同伴している息子の嫁さんが、「おばあちゃんはそんなことは一言も言いませんでしたね。ただ、少し楽をしようとしたのです、という程度の言い方でしたので、多少は安心していたのでしたが、おばあちゃん、今度お医者さんによく診てもらいましょう」この言葉にキヌさんは眉をひそめました。そして無視を貫きます。そして今は、早朝だけでなく日中も不定期にではあるが歩き始めたとの事です。「でも」と本人の口から言葉が飛び出します。

「それでも日中の動きは朝早くと違って疲れが出ますね。廊下の途中途中で置いてある椅子に身を沈めるのですよ、歳を取ったものです、とはいえ、日課の楽しみの一つなのでやめるわけにはいきません」

と、はにかむ少女の微笑みがこぼれます。側にいる息子の嫁さんは腑におちない様子です。

私も案内されて長い廊下に立ってみたが、横長の大きい家だけに幅が広く長い廊下の向こうの端に置かれている手押し車が小さく見えました。そして所々にクッションのついた椅子が置かれている。一寸休む時に身を沈めるのだと話した椅子です。

ガラス戸からは外の様子が間近に見えます。道路に面しているだけに賑やかな、そして様々な情景が大きく視界に入り、目が離せません。老若男女の行き交う人の波、ひっきりなしに通る自転車や自動車、少し離れた左方に電車の線路の踏切、その少し先に駅舎の屋根が視界に入り、電車が通ると乗客の顔や姿が判別できる程で、それだけにいろんな想像を掻き立てられる。とにかく、瞬間瞬間のいろんな動きが見る目を飽きさせない。それだけではなしに新鮮な感動すら与えてくれる。キヌさんは言います。

「特に、天気の変化に応じて変化する情景が目を楽しませてくれます。ここから外を見ていると飽きずに楽しい時を過ごせます」

まさにこの場所は、キヌさんの場所であり、唯一誰にも邪魔されない休息の場でもあるのに納得がいきました。そして、この場所はキヌさんの長寿に一役買っている場所である事も理解できました。兎に角ここは心身を憩う場であり、過ぎ行く時間をも忘れさせる場でもあり、最適な所なのです。

椅子に腰を下ろしたキヌさんが、私があまりの情景の見事さに見惚れて、自分の立場を忘れて戸外に顔を向けている処に、

「ここに居を定めて時計店を開いた時は、本当に苦労の連続でした」と声をかけてきました。

「昭和の初めだったですが、ここら辺りは人家も疎ら、道路も舗装されていなくて、一面が畑で人などあまり通らない、従ってお客さんは来ない、それで主人は店の切り盛りに大変でした。私が手助けしようにもどうにもならない、私などはただ黙々と店番するだけ。どう

しようもないもの。鉄道が通っていても人はまばらだったのです。と言って特別な手仕事を持っているわけではないし……」

キヌさんは何事かを探し当てようとでもするかのように、宙に視線を泳がして話しかけてきます。

百二歳の方《かた》の話し方の何とハキハキしている事か。驚かされるばかりです。

ご主人は幼少の頃に時計店に丁稚奉公し、見習い修行をする。そして二十歳前に時計店を開業したが、初めは余り繁盛しなかったものの、時計一筋の商売であちこち転々としながらも、決して諦めることなく稼ぎまくった時計一筋の職人だったとの事です。

「他の仕事は見向きもしないし、肝心のお金の事など見向きもしない人でした。昔堅気のその気質が、後になって実を結んだのでしょうか。時代が変わってくると、閑散としていた場所が、地の利の良い土地にすっかり変わってしまって、人々の動きも活発で、娘夫婦に商売を譲った途端に商売繁盛です。今は本当に幸せです。いつも神様にお礼を言っています」

キヌさんの生活は規則正しいリズムで動いていました。朝四時起床、長い廊下を歩行した後、九時に朝食、テレビでニュースを観、新聞を読む。一通りこなした後は、適当に時間の流れを見て、主に健康に関わる本を読む。彼女は、とにかくジッとしているのが苦手で、何かをしていなければ気が済まない。でも、この歳になると、若い頃のようには思ったとおりに身体が言うことを聞かない、自分の身体なのに言うことを聞いてくれないのが一番困ることです。

私は驚きました。何たることか。百歳過ぎた人の言う言葉・感覚なのだろうか？　私も後期高齢者の仲間なのですが、私などは、時にそう思っても、歳だから仕様がないな、といった諦めムードが先行してきます。キヌさんの精神年齢は一体何歳なのだろうか？と思ってしまいます。

幸い彼女の住む地域には、超高齢者をケアする施設が幾つか建っていました。九十歳台の人が入居或はディケア（日帰りできる施設の事）の施設もあります。懇意にしている知人等から施設には身体の不自由な人とか足腰の弱った人など、あまり健康でない人が多いのよ、等々と、情報が入ってくるから、自分はいやだと思って、初めは見向きもしないで、避けていたのだ、と言います。しかし、あまりにも娘達の勧めがうるさいので物見遊山で行ってみたと言います。が、何度か足を運んでみると、思っていたより居心地の良い場所で、何よりも楽しかったのは、話し相手が何人かいて、お互いに何でも言いたい事を言い合える仲間ができた事だと言います。

「週三回、送迎バスが玄関前まで来るのが待ち遠しくなってきています。今が一番いい時なのかもしれません。皆さん私を大事にしてくれますよ」

そう言い切るキヌさんの眼は光ってみえました。

人は、どのような完全無欠に整備されている環境に身を置いていても、そこに長く留まっていれば、マンネリ化して自分の裡に空洞が生じて来るものです。そしてその辺りから何ともいえない佗しさが徐々に重なってきます。それが高じるとストレスを抱え込む事になるものです。同時に予期しない病を背負う事にもなりかねない。従って良し悪しに関わらず、自身に何らかの刺激又は変化を与えることが必要になってきます。

「私には、孫や曾孫が大勢いるのです。正月や誕生日等には必ず来てくれますし、年に何度かは顔合わせに集まってくれます。とても楽しみにしているのです。そんな時を、何と言ったらよいのでしょうか……、私が私の存在をよく確認できる時間でもあるのです」と言います。元々は元気に飛び跳ねたい気持ちでいる彼女にとっては、何よりの刺激になっているようです。ちょっとした刺激で元気になる。彼女はそれをバネにして、自分なりの日常生活をこなしているようです。

そんな彼女には、どのような状況下にあっても自分自身の考えや欲求を諦めずに、一刻一刻を大切に生きる、その姿勢がよく見えました。長寿の秘訣の一端を垣間見た気がしました。

「……人間の生は、全体を立派に活用すれば十分に長く、偉大なことを完遂できるよう潤沢にあたえられている。……」

古代ローマ時代に数奇な運命を辿った哲学者であり政治家であったセネカの言葉です。「生」をいたずらに浪費したり、不注意なことはすべきではない。そして、セネカは次のように詳細に分析しています。

「……生が浪費と不注意によっていたずらに流れ、いかなる善きことにも費やされないとき、畢竟、われわれは必然性に強いられ、過ぎ行くと悟らなかった生がすでに過ぎ去ってしまったことに否応なく気づかされる。われわれの享ける生が短いのではなく、われわれ自身が生を短くするのであり、われわれは生に欠乏しているのではなく、生を蕩尽する、それが真相なのだ。……」（セネカ著『生の短さについて』大西英文訳）

自分自身に合った、自分のこれぞと思うもの、或は得意とするものなんでもいい、それを持つことによって自分の「生」に意義をみいだし、邁進でき、充実した時間を生きることができるものです。セネカの指摘しているように、この世に「生」を受けた人にとって、折角「生」を潤沢に与えられたのだから、浪費をしては勿体ない、充分に、それも自分なりに自分自身で最大限に活用すべきなのだ、と忠言もしているのです。

それらはどんなに小さいことでもいい、どんなに幅の狭いことでもいい、何事であれ、自分がこれぞと思ったことに全身全霊を傾注してかかれば、小は大になって還ってくるし、狭かった幅についてては広大なものとしてくっ付いてくるものです。そして、その事柄の実体を充分理解し、把握することが重要であることは言うまでもありません。当然のことだが、何事においても、実体も分からずに闇雲に求めても、くっ付いてきません。

人の「生」というものには、諸々の事柄が錯綜を繰り返し、右往左往しながら付き纏ってくるものです。それらを上手くセレクトして自分のものにする事、そして持続する事、自分で考え、即行動に移す、それは、百二歳のキヌさんに見ることができたと思っています。

（七）私も百歳になりましたよ

立花春夫さん（仮名）のお宅にお邪魔した時、春夫さんは、陽当たりの良い部屋の窓際のベッドに臥せっていました。その寝姿があまりにも病弱に見え、お尋ねしたのが不味かったかな、と私は一瞬躊躇した程でした。

私は、超高齢者を訪ねる時には、その方の心身に刺激を与えることだけはしないようにと、心掛けているだけに、春夫さんのベッドに臥せっている様子を目にした途端、何か理由をつけてこのまま去ろうか、と一瞬思いました。その様子というのは、老衰しきった老人が、ベッドに沈み込んで身動きもできない状態に見えたからでした。それを無理に起こして話をするということは、本人だけではなく、家族の人達にも迷惑をかけてしまう、即座にそう思ったのです。

が、ベッドに臥せっていた春夫さんが、私の来宅を察知したのか、家族の方に声をかけて、ゆっくりベッドの枠で全身を支えながら身体の体制を整え、私に笑顔を見せたのです。

その表情は、長い間待っていたよ、と問いかけているようでした。私はそれに答えるように思わず頭を下げました。すると満面笑顔になり、「私も百歳になりましたよ」と笑みを浮かべながら、はっきりした声で語りかけてきたのです。

その複雑な雰囲気が、私には、初対面にも拘らず、春夫さんと何度かお会いしているような気持ちになったのです。そうなると、不思議と会話もスムースに進みます。

彼の顔面からは頬骨が突き出ていて、老衰して動けないように見えたものの、その表情は温和そのもの、言葉も一言一言噛みしめるようにゆっくりと話します。しかし何故か相手の話を聞く様子はない。自分の言いたいことを続ける人だ、と思った途端、それを察してか、付添ってくれている次男の奥さんが、

「耳が遠くなりましてね。人の話は素通りなんですよ。実は、最近私も同じように耳が遠くなりましたがね」

と笑いながら仰る。春夫さんはというと、話が聞こえているのかどうか、熱心に息子の嫁を見つめています。

立花春夫さんは第二次世界大戦で海軍一等兵として従軍し、国内の某飛行場で飛行機の機体の整備に携わった方《かた》で、終戦後は、立川の米軍基地で二十年もの間、清掃の仕事に従事し

ていました。六十歳で退職した後、米軍基地で覚えた英語を孫達に教える傍ら、地元の人達と共にゲートボール競技に興じたり、自宅の広い庭園に沢山の立脚台を設営して盆栽を置き、それを育て始めたのでした。

しかし百歳となった今は息子達に譲り、時折観察に行くのを楽しみにしているのだと言います。八十歳頃までは、地元のボランティア団体に所属して役員を引き受けたり、元々達筆な筆さばきで、所属している活動団体の催物の案内状や、看板を書いて活躍し、何時のまにか地元の重鎮になり尊敬されたと言います。私はその面影をベッドで上半身を起こした時の、少々危なっかしくも素早い仕草に投影されている気がしました。

しかし彼は、超高齢者の誰もが罹るといわれる耳の遠さが災いしてか、対話をしていると、自分中心に仕立てた話に埋没してしまいがちになり、こちらから話題を投げかけても、突然、異なった自分の話をし始めたりします。大声で本来の話に引き戻そうとするのですが、少しも脈絡のない頓珍漢な言葉が飛び出してきます。次男の嫁さんが、

「おじいちゃん!!」

と呼びかけると、急に我に返って苦笑いしながらこちらの話に合わせてきます。

このような現象は、家族間での対話においても出ているのかもしれません。しかし、こうした現象は、ある面では超高齢者への許容範囲であり、又、不可抗力でもあるのです。です

から、私には何の抵抗もなく、そのまま対話がスムースに続ける事ができたし、その姿勢には当人の元気さが滲みでています。

「私の今の生活そのものには、少しの過不足もありません。こうして元気でいられるのは皆さんのお陰、幸せ者ですわ」

何事かを述懐するような表情で語ってくれました。

「おじいちゃんは、自分の身のまわりの事は自分でこなしています。食事は必ず私達と共に摂りますし、大好物の魚の刺身が食卓にのった時など、『美味しい、美味しい』と何度も言って、そのほおばる姿は、まるで子供のようですのよ」

側で見守る次男の嫁さんが口を添えてくれます。

家族と食卓を共にした後は、少し会話を交わしはするが、その場に長居はしない。自室に戻り好きな事に没頭するという。就寝の時間は決まっているので、その時間になると、家族は「今、寝た頃だね」とお互いに相槌を打ちそれが安否確認の習慣になっているのだといいます。

アメリカの小説家アン・モロー・リンドバーグは、彼女の著作の中で、自分の人生や生き方を自分に照らし合わせて、自分の周囲を見回しながら考えを巡らせ、この事は非常に有益

な事なのだ、と記述し、さらに、

「……ひとりになると、一年の、一週の、一日の、ある部分をひとりで過ごすこと、それは良し悪しとは関係なく誰にも必要なのではないだろうか……」

と記しています。要するに、他人に煩わされることのない自分だけの時間を持たなければならないのだ、という事です。沈思黙考、誰もいないところで、一人になり人間の持つ最大の武器でもある思考を巡らすこと、そしてそれを実践にもっていく。それは人間として生きている証でもあると言えます。

年齢には関係なく、人のなかには何の考えも巡らすこともなく、事柄の現象面だけを見て即発的に行動を起こし、活動に走る輩は存在するが、それらは事柄によっては、他人や周囲の人達に迷惑と不快感を与える何物でもないのです。同時に、そうした輩は、孤独に弱く、精神的に軟弱な人とみてよいでしょう。


百歳の春夫さんと話を進めていると、彼の経験豊かさを物語る中で、アン・モロー・リンドバーグの語っている事に同調しているのかのように（勿論春夫さんはリンドバーグや彼女の記述している言葉等は全く知りません）、「つまらない事は直ぐに忘れるようにしながら、のんびりと自分の時間を満喫する事が最善なのですよ」

と言う言葉が出てきたのには驚きました。しかし、この彼自身の経験から生まれたと思える人生訓、そしてそれを実践している辺りに、長寿の秘訣が潜んでいるような思いをしました。

春夫さんは、自宅に隣接している広大な庭園に、木製の棚を何列となく作り、盆栽を載せて丁寧に育てています。今はその作業を定年を迎えた息子に託していますが、よっこらしょ、と掛け声をかけて自分を励まし、時折観察に行っているのだ、といいます。

「盆栽は何も語りません。しかし、水をちょこっとやったり葉を撫でたりすると、こちらの誠意を汲み取ってか、葉っぱを微動させたりしますよ。そして枝などを整えるために剪定の真似事をして、鋏をいれてやる、たまにちっちゃい虫がいたりすると払ってやる、そんな風にいろいろ手を加えてやると、『春夫ちゃん、いつもいつも有難うございます』と木幹全体を揺らせて語りかけて来るのです。ですから、こちらも爽やかな気分になるし、ストレスの解消にもなるのです、本当に幸せな気分になるひと時でもありますね」

彼は、何に対しても利害関係を持つことなく、心の底から楽しい気持ちで接するという姿勢をもっている人でした。その姿勢から、自分の育てた沢山の盆栽のひとつひとつの盆栽と育んだ友情から、百歳の今も、平穏な日常生活を楽しんでもいるのです。

誰しもが年齢とは無関係に、何事もなく純粋な気持ちでそしてのんびりと日常生活を過ごす。何も考えることなくポカンとして過ごすのではなく、その生活の中で憂いが生じたり、不快なことが身に降りかかってきた時には、強烈な身ぶるいでそれらを払いのけ、有無をいわさず頭から吹き飛ばし、直ぐに忘れて自分のペースに戻る。そして、楽しい事だけを頭の中に入れ、自分なりの夢を見る。若年の時にはなかなか出来ない事ではあるが、このような生活スタイルこそが、長生きの秘策となってくるのではないでしょうか。これは春夫さんの生き様でもあるようです。

自分自身を振り返ってみた時、ちっぽけな「生」を生きている私など、果たして百歳迄の「生」を得ることが出来るだろうか、そしてそれだけの人格が出来、そして整理されるだろうか、と言った疑問が湧いてきます。怠け者の私には到底考えられない事だ、と自覚はしていますが、しかし誰しもが一度はそうした思惟に没頭してゆく場面は持つ筈です。思惟しながら各々の「生」を生き、それぞれの歩みを会得し、そして認めながら日常生活の営みに自身を導いて行く事が必要なのです。

（八）私は薬に頼らない主義です

一世紀もの間「生」を全うされた方々にお話を伺うと、共通して話されるフレーズがあります。

「いつの間にかこんな年齢になってしまいました。驚いていますよ。自分の知らない間に百歳にもなってしまった、何と長年生きてきたのか、自分でも驚いているんです」と他人事のように話しかけてくるのです。そして笑いながら、これで本当に良いのだろうか、と不思議そうな表情を露わにして付け加えます。

私にはその真意の解釈はできかねますが、その人達にとっては、半分はにかみの気持ち半分照れくささを持っての発言なのかもしれません。が、強いて彼らの本心を覗いてみて解釈を附けようとするならば、生きる事に夢中になり過ぎて日々の生活での過ぎ去る時間を見過ごしてしまい、超高齢になった今、何のよりどころもなしに、所在なささに何気なく立ち止まった時、夢の中でのように、いろんな思いのこもったものが、無意識のうちに出てきた言葉なのではないのか、と思います。

とは言え、その言葉は私にとって実に重く胸を突いてくる言葉でした。何故なら、その言葉の裏に、今日までの自分の「生」に対して、〝知らない間に〟とはいいながらも、夢中に、そして真剣に向き合ってきた姿が凝縮して見えてきたからです。人はそれぞれに異なるものだ、とはよく語られる事ではあるが、長年「生」を生きてきた人達にとって自ら進んで、自分の人生に不真面目に向き合っているといった人はいない筈です。誰もが真剣に、そして夢中に向き合っているものです。超高齢者の彼らは、普通の人達より以上に自身の日常生活に対して真剣にそして真面目に向き合って来ているのではないかと思っています。

自分自身を守りながら、日常を生き、何らかの模索を試みながら、各人各様に、自分の幸福へ向けての道程を切り開き、自分を大切にしながら生きているのです。健康で幸せな生活、これは長寿の秘訣でもあるのですが、この事を基本に置いてみた時、平均年齢頃までに「生」の終末を迎える人間と、超高齢まで「生」を全うする人との違いは「生」の過程の中で、どの辺りにあるのだろうか、といった疑問が生じてきます。この疑問は非常に重要な関連をもっているものだけに、明らかにしなければならない課題ではありますが、論述するには膨大な内容と思考がなされなければなりません。それだけに、別の機会に譲り、あらためて稿をおこさなければならない、と思っています。

この喧噪の現代に生きる私達は、例えば病に見舞われた時など、その重い軽いはさておいて、先ず何をすべきか、どんな処置を施せばよいのか、原因は何か等々について考えることなく瞬間的に医療に走ってしまう場合が多くあります。何故なら、その行動は、全く簡潔な解決方法であり安心して現代の医療技術に任せられるからである。

医者は専門的な知識を会得し、その道のスペシャリストとして人間に対応していますが、信頼されている、いないは別にして治療をほどこします。そして治療後の患者は全面的に信頼をおいて、処方された薬品は抵抗なく使用します。このあり方は一般的であり、正鵠を射ている事なのかもしれません。

遙か昔の原始人は、すべての面で自分を知り自分で自分に責任を持ち自分を守っていました。まさに、現代に生きる私達とは異なり、自分に異変や異常（例えば病や怪我をした時等）が生じた時は、誰に頼ることもなく、全て自身で対処し解決をしていたのです。この事は、ある面において自分に対する対応が私達現代人よりもはるかに優れていたと言えるでしょう。反面現代人はというと、病に罹った時、薬品に頼りすぎる現状にあります。ある程度頼るのは悪い事ではないにしても、全面的に頼りすぎるのは、時によってはマイナスの作用をもたらす事にもなりかねません。

この度お会いした村井キノさん（仮名）は、薬品や薬品に関連することにはよく精通しておられるようでした。

彼女は、幼少の頃から薬は嫌いで、親から半強制的に与えられても頑強に拒否していた、と言います。これが今のキノさんの百歳まで生存した事に繋がっているかどうかは分からないが、幼少の頃も今も腹痛を起こした時等は、ジッと我慢して、回復するまで飲食は一切行わないのだ、と言います。しかし、場合によっては食べ物を自分で調整して回復を図る事はあります、と言い、

「風邪にかかった時には、身体を休めて回復を待つのです、するといつの間にかどっかへ吹き飛んでいきますよ。薬等に頼っていたら治るものも治りません」

自信に満ちた笑顔で、語られる。

キノさんは、表情の動きから察するに、頑強そのもので、自分の信念は一歩も譲らない処が見てとれますが、しかし、そのものへの理解力、解釈力、状況把握力が的確である事が分かりました。

薬のことで話しが続きます。

「野生の動物は薬を使わないでしょう。身体がおかしくなっても、自分の力で治してしま

います。私達はそれを見習うべきですね」

今の時代の殺伐として忙しすぎる世の中で、キノさんの言われているような対応は難しい部分もあるが、現代に生きる私達の基本的な生き方の、本質的で重要な部分に一刀両断、鋭く切り込みを入れているのではないかと思いました。それが彼女の裡にデンと腰を下ろしているのです。

まさに、そうした姿勢は医療関係に係ることだけではなく、「生」を歩む上で最も重要な事なのではないかと思います。他に依存せず、確かな視線で足元を見つめなおすこと。百歳のキノさんに教示された気がしました。とにかく年齢を感じさせない元気さが伝わってきました。


「私は、富山県の片田舎で生まれ育った強い女の子だったんです」と笑みを浮かべながら話される。

昔は田舎ではなかなか本など手に入らない。それでも、ようやく手に入れた本を、親に隠れて読んでいた文学少女だったのです。今でも読書を欠かす事はない。誰にも邪魔されず、好きな格好で読書にふける。一番の楽しみだと言います。そして、本が側に無いと不安で落ち着きがなくなる。新聞は隅から隅まで、毎日欠かさず目を通す。そしてテレビは見ずにラジオを聴く。そうだったのか、と私を納得させたのは、対話のなかで、歴史・政治に深い関心を持っていて、私が尻込みするほど、今の大国同士の関係やヨーロッパの某国での内戦、どことどこの国や思想や宗教の異なる団体が戦っている、戦争の発端の原因はこうなのだから、どちらの国政が悪いからなのだ、といった批判等までも鋭く指摘する。話をしていて飽きないし楽しいキノさんです。そんな中で、私の特に感動したのは、第二次世界大戦後の話でした。ドイツのヒットラーの話題、敗戦した日本にマッカーサー元帥が来た時の事。特に印象に残っているのは、飛行機のタラップを降りる時のマッカーサー元帥の、あのふてぶてしい恰好だといいます。

「パイプタバコをくわえ、大勢の人間の出迎えが居るにも関わらず、人間の居ない荒野を見渡す様にサングラスを外そうともせずに、傲慢なあの姿には本当に腸が煮えくりかえる程の腹立たしさが全身をかけめぐりました。今でも思い出すと怒りがフツフツと湧いてきます」

口元をひきしめ、少し涙のついているような目を鋭く光らせて話をするキノさんの皺の多い小さい顔が大きく見えてきました。そして、その表情がまた何となく可愛い。

「でもあの時に、ああ、日本は戦争に負けたんだな、と実感しました。富国強兵です。『日本は絶対に負けません。国民の皆さん安心して頑張りましょう』、なんて軍部が声高らかに宣伝していたものですから、まさか敗戦の憂き目に遭うとは。情けないものでした」

マッカーサー元帥が、敗戦国の人間を見下しているその姿が、キノさんの瞼の裏に余程強烈に焼き付いてしまったのでしょう。

私も、敗戦後の日本のみじめさを、幼少の頃体験した一人です。それは、進駐軍であったアメリカ兵が、人家のあるあまり広くない国道を移動している時の事です。ジープや大型車輌がわざとスピードを落として、走行する荷台から、面白がって後を追う子供の私達に向かってキャラメルやガムをばら撒くのです。そうすると、物資不足で食べるものが少ないのと、子供の私達には入手できないものだっただけに、一つでも多く確保しようと危険もなんのその、アメリカ兵の悪戯笑いも気にせず、競争しながら懸命に後を追いかけたものでした。今想い出しても、その時には屈辱や負い目等を感じる余裕もなかったことを覚えています。それからすると、キノさんの、当時の意識は鋭かったのだな、と思わざるをえません。成人を過ぎた年齢だったとはいえ頭の下がる思いがしました。

生まれた富山県の片田舎で結婚し、東京という都がどういう所かも分からず、ご主人にくっついて上京され、そのまま定着。ご主人が他界した後は、同じ敷地内に家を建てた子供とは同居せず、自分一人での生活を選択したのだと言います。

現在の生活リズムは正確に守っている。午後十時就寝、午前四時に目を覚ます。が、そのままベッドで読書にとりかかる。午前七時丁度に、同じ敷地内の別棟に住む息子さんが部屋の雨戸をあけに来る。

「息子は生真面目とでもいうのか、正確に七時に来るのです。そして必ず静かにそっと障子戸を少し開けて部屋を覗き込むのです。呼吸しているのかどうか確認しているようです。それでも、時々、お母さん、おはようさん、と声をかける時もあるんですよ。返事が遅れでもしようものなら、探るように顔を突き出してくるんですよ。わたしにゃみんな分かっているんですから」

息子さんは心配なんですよ、当然のことでしょう、と私は心の中で叫んだが、

「良い息子さんですね」

と声をかけるにとどめました。キノさんは百も承知の筈だからです。

次は政治の話です。

「今の若い人達は政治に無関心なようですね。もっともっと政治に興味を持つべきです。そして世界に羽搏いて、強い人間になってもらいたいものだ、と思っています」

生活も生活環境も混沌とした戦中をくぐりぬけて、気丈さと、頑強さを身につけてきている彼女は、新聞は毎日欠かさず目を通し、積極的に読書に励んでいるだけに、それらの情報や知識から、今の若者の生活スタイルや生き方の実体をリアルに把握できているようでした。

それだけに今の若者達の動向に対して、歯痒く思い、そこから生じる苦々しい気持ちが、このように言わせるのではないかと、思わざるを得ませんでした。

その事と同時に、キノさんは若者に対して、厳しい視線を向けます。彼らは自己中心的な行動で駆け回り、他人に迷惑をかけてもそ知らぬふりを装い、自由という本来の意味を知ろうとも理解しようともせず、自分の好きな事を自分勝手に行動に移していく。それが、自分達に許された自由なのだ、と、はき違えているのではないのか。百歳のキノさんのなかなかの辛辣な批判です。しかし、それは、長年辛苦をなめながら現在を迎えている彼女からの若者達への警鐘なのです。

しかし、世の中を見渡してみると、自由のはき違いは若い人達だけに限ったことでは無い事実が見えているような気もします。少しでも、自由とは何かを識っている人々からは、「世の中狂っている！」と叫ぶのが聞こえてきます。まさに自由をはき違えていることへの叫びであり、怒りなのです。自由をはき違えての行動に走った時、そこにどういう現象が生じてくるか、よく思惟し、理解する必要があるのではないでしょうか。壮年達・沢山の経験を積んできたであろう老人達共々、事柄の良し悪しの判断を自己の思い込みを真ん中に据えて、今は何をいってもよいのだ、今は自由な世の中だから、との考えで発言、行動する人達の大勢存在する事は、筆者である私自身の経験からも明らかです。事柄をよく理解し、心ある人、誰しもが、そうした人達の、得意満面としている表情に苛立ち・立腹し、そして怒りを覚えている筈です。まさに、世の中の何処かが狂っている。そして、その狂いそのものが正当化され、まかり通っているのも現実として有ることには憂慮すべきではないでしょうか。

百歳のキノさんは、若者だけでなく世の中全般に向かって、強くなれ!!と叫んでいるのでしょう。強さという事は、万物全てを正常な目線で見て、正しい判断をする事が出来る事なのです。キノさんは、そのことを望んでいる筈です。

（九）長寿家系の明子さん

私は医学分野の勉強に入り込んだ事がないだけに、医学に関する専門知識は持ち合わせていません。しかし六十兆個と言われている人間の細胞が、日々、減少と増殖を繰り返しており、その増減活動は、誕生から百二十五年間止む事は無いと言われております。この事は、人間の寿命は最長で百二十五年間だということを示しており、そうであれば、百歳や百五歳等はまだまだ元気に人生を楽しむことのできる年齢なのだ、と言えはしないでしょうか。では、百二十五年間どうすれば増減を繰り返している細胞を維持していけるのかに思いを馳せる事になりますが、そのことが理解できれば、病に倒れようが、老化しようが何も心配しなくても、長い年月、楽しい人生を送ることが出来ると思います。「人生」楽しむこと、この世に「生」をうけた人、誰しもに共通する念願なのではないでしょうか。

この度、細井明子さん（仮名）とお会いした途端、百一歳にしてなおも細胞が活発に活動されている人だな、と驚きました。目が輝き、顔は若々しく。若者の健康な肌そのもの、声には張りがあり、声量にも衰えは感じられない。話は理路整然としていて、超高齢者によくある言葉の乱れは感じられない。こう表現すると、〃美辞麗句ばかり並べているが、そんなに若々しいなんて信じられないよ〃と批判されそうだが、実際お会いしてみれば納得のいくことであり、全くそれはあてはまらない。まさにそのままなのです。百年の時を過ごされた人とは見えないのです。私だけの穿《うが》った言いかたでないことは理解できる筈です。

明子さんは身体を元気づける目的で、週に二回、ケアセンターに通っています。

「私はああした所には行きたくないのですが、家族や周辺の皆が口うるさくてね、仕方がないんですよ」

と、憤然とした顔で言います。

明子さんのお住まいの地区とは違うが、同じ東京都内におられる妹さんとはよく文通をしています。三歳年下の妹で、子供の頃からの仲良し。なんでも相談できる唯一の人。妹ではあっても、時によっては姉ともなる大切な肉親なのだ。もう少しで九十八歳になるのだが、お互いの文章のやり取りの中で、辻褄が合わず何を言おうとしているのか分からない場合もあるが、互いに意思疎通が図られている事で満足している仲なのです。

「自分は三人姉妹の真ん中、姉と妹に挟まれて上と下に顔を向け乍《なが》ら生きてきたのです」

と私から視線を外して言います。明子さんの姉は九十三歳で他界したとのことだが、それにしても、長寿姉妹です。家系がそうなのかと伺ってみますと、

「私の母親は百歳で亡くなっています。そういわれてみれば、長寿の家系なのですね。特に考えたことはなかったですよ」

と今度はおどけた仕草で頭を傾《かし》げる。なんとも可愛い仕草です。幼女に返ったようなあどけなさも漂わせています。

今までお会いした人達もそうですが、百年間を生き抜いた皆さんに共通している事は、男女にかかわらず、幼児期の可愛い仕草が復活するのか、幼児期のままの雰囲気が全身からにじみ出ているのを感じました。こう言うと軽率な言い方だと怒られるかもしれませんが、お会いすると、純真無垢というか、清楚なままの気持ちむき出しというか、皆さんは、悪戯をされても怒らず笑顔で見返すといった、柔和な表情が顔一杯に広がります。そこに人間的な究極な優しさ、を見ることが出来ました。

明子さんは、現在高齢者向けのスポーツで大人気のゲートボール競技が得意で、九十歳頃まで熱中していたと言います。世間では、老人の唯一の遊びのスポーツだ、と評価されてい

るもので、高齢者関連の団体に入っていて、健康な方の大半が何らかの形で参加しています。単純なゲームだけに、交流の場としても喜ばれているスポーツです。ゲームを競う場所は、広い空地や運動場の中にコーナーを設置して、四人～五人でパートを編成して闘います。

競技の内容はといえば、参加者各人共に特殊なスティックを持ち、編成された四～五名のパート同士が一丸となって要所要所の何ヶ所かに分けて置いた小さい柵毎に、打った球を潜らせ、ゴールまで運ぶ。ゴールまでの球の運び方に、技量の上手下手が加わり、巧みに相手のボールを跳ね返したり、追い越して技を競うスポーツです。

しかし、そのルールが細かく、そして厳しく定められてあって、パート内の一人でも打ち損じたり、変な方向へ飛ばしたりすると、全体の得点に影響するといった厳しさも持っています。それは取りも直さず全員に迷惑をかけてしまうことにもなり、当然ながら勝敗にも影響を及ぼすことになってきます。それだけお互いに神経を尖らせ、皆に迷惑をかけまいとして緊張の連続を強いられることになります。その結果疲労が重なってくる、それだけではなく、勝敗を決めるゲームだけに、緊張と緊張の連続から共に戦う仲間同士でもお互いに批判が生じ、いつの間にか険悪な空気が漂い、最後には亀裂が入ってきます。余程心身が強いか、気にしない人でない限り、神経への疲労が重なって競技そのものから去ってしまうことになる。去った後でも、執拗に口汚くののしりあう事態が生じてきたりします。初めは笑顔で競技に興じてはいても、次第に緊張が高まると、緊張が転じて険悪な状態になってきます。それだけに、マイペースで自由奔放に競技を楽しむ事の出来るスポーツではないとも言えるようです。

しかし反面、同じレベルの者同士でパートを組んで競技にのぞめば、一段と楽しみと面白みが加わり、良い運動として跳ね返り、これほど楽しい競技はないと言えます。

明子さんは、同じレベルの者同士でパートを組み、彼女がチームのリーダーとしてパート内部の取り纏め役をつとめて、多くの勝ち点を取ったことから、チームが地区代表に選抜され、北海道から沖縄までの全国大会に遠征した経歴の持ち主でもあります。従って良きスポーツマンではあったのでしょう。その結果を物語るかのように、部屋には沢山の表彰状が掲げられてあり、多くのトロフィーが置かれていました。

九十歳になって競技をやめるまでは一キロメートルも離れている練習場まで、ゲートボールのスティックを担いで、徒歩で往復したと言います。

そうした明子さんに、健康の基はどこにあるのでしょうか、と、つい問いたくなりました。

「私には食べ物で好き嫌いは一切ありません。なんでも食べます。ただ、人にあれこれ指図されるのだけは嫌いなのです」

「でもゲートボールにはまっていた当時は、いろいろあったのではないですか?」

「でもね。幸いな事に、皆さんが私を良くしてくれましてね。少し間違ったことをしでかしても、大目に見てくれました。とっても楽しかったですよ。皆さんは、もう私を置いて、どっか空の彼方へ旅立って行かれましたがね。そのうち私も後を追いますよ」

「とんでもないことです。なにを仰るのですか」私はびっくりして、思わず両手で空気を遮りました。「歯は丈夫なのですか？」と聞いてみました。

「四分の三は入歯ですが、なんでも食べますよ。少し硬いものも大丈夫ですから。でもね、甘い物が大好物なの」

何でも食べる、人に指図されるのを嫌がる、この事も、健康を維持している事の一つの要因になっているのは間違いないと思いました。

息子さんの嫁さんが作る手料理は完食する。とても味付けが良いのだと言う。その嫁さんが初めから対話に同席してくれているが、彼女は控え目であまり話をしない。しかし、明子さんの返答に少しでもぎこちなさが見えたりすると、すかさず答えるという役割を果たしてくれています。

明子さんが外出するときは誰かが付添うことになるが、家の中に居る限りは、自分一人になっても、誰にも邪魔されない自分だけの自由時間を存分に楽しむのだと言います。ほとんど彼女の付添い役となっている息子の嫁さんは、アルバイトとして、行政の清掃委託業者のもとで仕事をしているが、それで家を留守にした時には、明子さんの思いのままになる自由時間。誰にも邪魔されずに自分で自由に動き回れる時間です。その事を特に喜んでおられた。

「何といっても、今は幸せいっぱい。贅沢に毎日を過ごすことが出来るのですよ」

それを聞いている息子の嫁さんが、横を向いて苦笑いをしています。苦笑いは、家を留守にしている事に心を痛めている表れなのでしょう。本人は余計なお世話というにしても、百一歳の人を一人家に置いて出ることは、心配の種なのです。

自由な格好で読書を楽しみ、自由な格好でごろ寝して昼寝を楽しむ。寝たいときに寝る、起きたいときに起きる、それは誰にも邪魔をされずにすむのだ。明子さんにとっては全くの至福の時間なのです。

そうした自分だけの自由時間を希求している彼女でしたが、反面、家族以外の人との接触も要望しておられるようでした。何故なら、あまり家を出ない、家族以外の人との接触が少ない、といった状況からなのかも知れません。その事は取りも直さず自分の孤独感を癒す方法でもあるのです。

明子さんが私との別れ間際にポツンと呟くように仰った。

「自分の元気の源は、何と言おうと皆さんとお話したり、交流したりする事でもあるのです。もっと頑張らなきゃいけないと思っています」

こうした言葉の裏に、まだまだ根強く、健康で元気な気力の潜んでいる百一歳の人の生き様がありました。

（十）老人ホームで一人勝ち

百歳以上の年輪を重ねられた人達の訪問インタビューで、車椅子使用で老人ホームに入居されている元気いっぱいの人をお訪ねしました。

一定の地域だけではなく、全国的な状況を見ても、何らかの事情で、老人ホーム或いは介護施設に入居されておられる人は大勢おり、自宅又は子供の家に同居という方はそう多くないのではないのかと思います。考えられる理由としては、同居することによって、肉親ではあっても、自分を大切に扱ってくれるという名目のもとあまりにも干渉されすぎて、本来の自分を見失ってしまう危険を感じてしまうからなのです。その辺りの統計を詳細に調査してみなければ、実態は把握できませんが、今回は割愛し別の機会に譲りたいと思います。

人間としての生存年数が、一世紀を超えられたという事は、何はともあれ感激であり、敬意を抱かされるだけに、その人が現在どういった状況に在るかという事を知るのも大事だが、どのような状況の中で、どのように自分自身の生き様を経て、年輪を重ねてこられたかという事、そして今、どういう状況下に居られるかというその事実は、最も重要な課題なのだと考えています。

このような考えを前提に据えて、岩波ヒデさん（仮名）の現在の様子を伺ってみたいと思います。


ヒデさんの入居しているトコトコ老人ホーム（仮名）は、外観も内部もきれいに整った、二階建ての大きい建物で、明るく清潔感の漂う施設です。外観を一見しただけでここにお世話になってのんびり余生を楽しみたいな、との印象を与えてくれる程の魅力のある施設の様態です。

足が不自由というヒデさんは車椅子を利用しており、相談員の方の計らいで、一階の彼女の居室から広い応接間まで誘導され、そこでの初対面です。

小柄だが元気そのもののヒデさん。もし足が丈夫であればスタスタと私の前に歩いてくるような元気さです。

「おや？　おいでなさいませ。どういうご用件でしょうか？　私はまだまだ人生になんか負けてはいませんよ！」

と啖呵を飛ばすような強い声を発してきました。まるで私に挑戦して来るような元気さ。

小柄で幼児の様な可愛さを漂わせながらも、勝気な人柄が顔面一杯に広がっています。それが、一瞬私を身がまえさせます。

とはいえ、私は彼女の魅力に取り込まれたようになって、何の自覚もないままポカンと突っ立っている始末です。

「さあ、お掛けなさいよ」

と彼女の方からニコニコ顔で導く。何という豹変ぶりか。その積極的な態度に可愛い雰囲気が滲み出ています。

その勢いに若い相談員の方も苦笑いしながら一緒に進めます。目も耳も達者で、小さい顔に皺が見えるとはいえ、若い主婦のような面倒見の良さがヒデさんの身を包み込んでいます。勧められるままソファに腰を下ろす私の一挙手一投足を見つめながら、彼女は、「さあ何でも聞きなさいよ」と活気のみなぎった表情で催促する気構えをみせています。それがまた小さい顔に可憐さを滲ませているのです。私は一瞬、笑いがこみ上げてきて言葉に詰まってしまいました。この人が、何と百歳のお婆ちゃんなのです。幼稚園児の可愛い女の子ではありません。

しかし、どのような状況下であれ、私には、今日までの彼女の生き様に探りを入れる課題が横たわっているのです。

人は何年、「生」を経ていようが、自分の過去の事を忘れる事は無い筈です。当然のことだが、歳を取るに従って、過去の多くの経験した事が鮮明に頭の中に浮かび上がってくるのです。その証拠に、高齢になるほど人は、昔の事となると、喜々とした勢いで言葉がほとばしってきます。普段は寡黙な人でも、少し誘導しただけで雄弁に変貌して来るのです。

ヒデさんは世間話を入れた対話の中で、突然、自分の幼児期の話題を持ち出してきました。前後に何の予告もないまま、話が変わったのです。こうした現象は、超高齢者の方との対話ではよく生じることです。従って、こちらも素早くそれに対応しなければなりません。

「私、饅頭が大好きなんですよ」

聞いた途端、「私はしまった！」と思いました。訪問インタビューに訪れる時には、私は何らかの土産品を持参する事にしています。ヒデさんへの土産には、柔かい和菓子を持参したのでした。

彼女は私の差し出した挨拶代わりの品を饅頭と思ってしまったのか？　和菓子じゃなく饅頭の土産にすべきだった！と心の中で叫ぶ。それに呼応するかのように、饅頭の話に急転換してしまいました。

「それはね、自分の生まれた家が、饅頭を売る店だったからなんです。売るだけではなく、父親が作って母親が売る、そして店は母親が仕切っていて職人肌のおとなしい父親は言いなりなの。そんな中で、私は自由に父親の手伝いをしたり母親にくっついて店番を手伝ったりしたものです。母親が一寸店を離れた隙に、売り物の饅頭を頬張ったりして、よく食べたもんですよ。それに妹をおんぶして尋常小学校に通いましたよ。何とその褒美は饅頭なんですから」

大正時代の初め頃は、今と違って諸々の物資が少ない時代でした。食物、着る物等々、自分の好きなものを手に入れる事のできない時代でもあったのです。そんな中でヒデさんは、店番を手伝いながら、母親から裁縫の手ほどきを受けたと言います。それだけに和裁は得意で、自分の子供達や孫、曾孫達までのオムツから着物まで手作りの物を与えたのです。

昭和初期の第二次世界大戦、それ以前の時代でも、母親や祖母が着物を縫ったり、布の切れ端で破けた着物を縫い合わせる。又自分の着物等を子供の身体に合わせて作り直したりするのが普通でした。今のように、一寸破けたからといって破棄してしまうことなど、もっての外でした。それだけに裁縫を覚えるのは当たり前だったのです。ヒデさんは元々手さばきが器用だったのでしょう。

その器用さと経験から、施設内で使用して洗いに出されたエプロンやサラシ、タオル等々の折り畳み作業を、一手に引き受け、今ではヒデさんの役割として定着していると言います。

「私達は、ヒデさんの好意に甘えているんですよ」

と、付添ってくれている若い相談員の人が言います。

「誰が頼んだという訳でもないんですが、自主的に申込んで来られて、それが実現しているのです。皆さん本当に有難がっています。ね、ヒデさん、皆さんがヒデさんと会うと、有難うと言いますね」

彼女はニコッと相好を崩して肯きました。その表情が、〝そうなのよ、私が全部引き受けているのよ〟と反応するのが、まるで威張っているようです。

施設の方針として、入居者であまり動けない人は別にして、少しでも身体の融通の利く入居者には、可能な限りではあるが、一つの役割を持ってもらって、働くことを推奨しているといいます。その目的は、周囲の入居者との和を保って、穏やかな生活を送ってもらう事、自分のリハビリの為、脳や身体の健康を少しでも良く保つ事、そして元気で入居生活を楽しんでもらう事、なのだといいます。

ヒデさんはそれに納得し、それを意識して洗濯物の折り畳みを手伝っているように見えました。そのことを問うと、ニッコリと微笑み、肯きながら、

「でもね、私はこうした事をするのが大好きなんですよ」

と言葉を添えてくれます。

とにかく身体を動かすことが大好きで、ベッドに横になるのは就寝の時だけで、日中横になる事は絶対にないと言い切ります。例えば、昼日中少しウトウトしだすと、車椅子にもたれた恰好であっても、身体を左右に動かして眠気を追い払う。そして新聞や雑誌を読み始める。時によってはカセットで大好きな民謡を聞く。テレビもよく観る。施設の規則ではテレビを部屋に置くのは禁じられているが彼女は特別待遇を得ているのだといいます。ベッドの頭部の側の方に、寝ながらでも観れる位置に、十四インチ程のコンパクトなテレビを置かせてもらっているとのこと。しかし、同じ入居者の誰もが暗黙に了解していることなのだが、その自室を私に見せたいと言いだし、応接間から移動しました。

特に朝ドラは見逃さない。そんな中でも、時代劇にいたっては、前もって新聞に赤印をつけておいてテレビの前にクギ付けになる。私は、百歳の人とは思えないそうした行動にびっくりしました。それだけに、ホームでは一番の人気者だと言います。

そして、元気いっぱいのヒデさんの口から
「その場にジッと動かずにいるなんていう事は良くないのよ。先ずは動くことです。人と話をする事です。それが自分をますます健康にするのです。そして、健康に係る事なら、どんなことにでも、どんどんチャレンジしていく気持ちを持つ事です。今はこうして車椅子にお世話になっていますが、これでも、少しでも車椅子なしで立てるように努力しているんでございますのよ」

まるで私に言い聞かせるというより、自分に言い聞かせているような調子でまくしたて、それはまるで何事かを宣伝していると見間違う程に元気いっぱいな超高齢者の言葉です。

「ヒデさんのお気持ち、よく分かります。頑張って下さい。チャレンジ精神はとても大切だと思います」

私は、付添ってくれている相談員にも視線を向けながら軽く頭を下げました。

元気でなければ、何も出来ないし、チャレンジ精神を持つ事も出来ません。正にそうです。そして、必ずしも五体満足でなくても良い。身体の何処かが不具合でも良い。兎に角元気があって自由に動くことが出来れば、自分の望む事の大半は抵抗なく何でも実現できる筈です。実現できたという事は、自分の今に幸せを感じる瞬間でもあります。幸せを感じるということは、生きている以上、自分の心身の健康保持にとってこれほど重要な影響を与える事はないでしょう。

全国に数多くある老人ホーム（施設）では、夫々の特色を持ち、独自性を打ち出して、施設内外の運用を行なっていると思います。その辺の状況をよく知らない私には、その良し悪しの判断はできません。が、ヒデさんの入居している老人ホームでは、入居者サイドに立った運用を心掛けていて、入居者の誰かが「この事をやりたい」と申し出ると、即対応をしてくれるだけではなく、ホーム内での一寸した働きに対しても、多少だが金銭的な報酬を与えている、との事でした。

付添ってくれている若い相談員の人が先程とほぼ同じことを繰り返して言ってくれました。「ホームとしては、皆さんの過ごしておられる時間の活性化と同時に皆さんの心身の健康面を考慮に入れてなのですが、元気で生活をしてもらえれば、という事で対応させてもらっています。元気な方で、お手伝いをしたいと言われる方も居られるのです。何度も言うようですが、人の役に立つことにチャレンジするという事は、自分は元気なのだ、と宣言する一方で、昔のような自分に戻りたいと希求する方もいますね。皆さん元気です」

人は、何歳であろうが、自分の遣りたいと思った事に、自由にチャレンジできる場があれば、生きることへの気力も湧いてくるものです。

話を聞くと、ホーム内には、入居者が立ち上げたいくつかの趣味のグループがあって、ヒデさんもそうしたグループの一つに入っていると言います。それはお料理クラブで、月に一回、十名程の仲間と一緒に、器用な手捌きでいろんな料理を作っているとの事でした。又、華道クラブというのもあって、その一員でもあり、色んなお花をきれいに仕上げては、披露して、ホームの住人に喜ばれているとの事です。

「ほら、玄関の入口に活けている花は私の作品ですの」

ホームが我が家だ、とでも言うような誇らしげなヒデさんの言葉です。そういえば彼女の部屋にも、数点の生花がまるで芸術作品のように華やかに飾ってあります。

おおよその人は、自分がどんな状況下に居ようとも、何かを思い、或は何かを考えているものです。

しかし、老齢の人に至っては、空地や家の縁側、小道の路肩になっている低い石垣等に一人でポツンと身を置き、何かを見ている風でも、何かを思考している風でもなく、ただ単に、漫然と時間を過ごしているのを時折目にする事があります。腰を下ろしたまま虚ろな表情で身動きもせずに居るのです。その様子は、何かを思い詰めている様にも見えるが、ただ腰を下ろしている恰好からすると、単にリラックスしているにすぎないようなのだ。そうした様態を見つけると、気になってしまう。なぜか他人事ではない程に気に掛かってくるのです。

或は、私自身、そうしたい欲望のようなものを心の裡にかかえこんでいるからなのか、しかしそのことは自分でも確たる証《あかし》をもってはいないのだが、何故か。まるで身体から自分の魂ごと、自分の全てがそこに引き込まれて行くような気の掛かりようなのです。不思議な魔力がはたらいてくるとでも言ったらよいのか。そんな風に関わりをもってしまうと、その老齢の人は、日向ぼっこをしているのか、単に時間をつぶしているのか判断は出来かねるものの、しかし、それはそれなりにその人にとって幸せな時間を満喫しているのかもしれないのだという憶測も湧きだしてきます。

しかし、こうした姿勢のままでは、脳や身体の細胞が働かず、心身にマイナスの影響を及ぼす事になってしまのではないのか。特に高齢者にあっては、ボケという症状が生じてくるのに加えて、物事を考えられなくなり、事柄に対しての判断力がなくなり、どちらでもいいと思うようになってけじめがつけられなくなる。たった今聞いたことが覚えられず、そしてすぐに忘れる。自分だけが正しくて相手が悪いのだと見えてくる、等が症状としてあらわれてくるのです。そのうえに、自分の事しか考えられないようになり、果ては自分の身の回りの事だけで精いっぱいになってくるのです。

が、それらの症状を払拭するには、若年老年に関わらず、特に高齢者にあっては、何事にでも積極的に挑戦し、ひるむことなく力強く携わっていくという姿勢が必要不可欠で、それこそがボケを遠ざけ、何歳になろうとも元気で生きていくのに欠かせない要件の一つと数えることができます。

ヒデさんとお話していると、何事にも積極的に立ち向かっていくといった、元気で生きていく姿勢が強く感じられました。それは幼少の頃に培われたものが、一種の強力なバイタリティーとして身体全体を覆っているのかもしれません。その上、何事であれ、関わる事柄に対して面倒だという感覚は持ち合わせていないようです。

これらの事がベースにあってのことなのでしょうか、親類縁者との関係が実にフレンドリーであるという事。その一例が、息子の嫁さんとは実の親子のような関係を持っていて、嫁さんは嫁さんで、ヒデさんが超高齢だからと言って、遠慮がちな仕草や宝物や腫物に触るといった扱いは一切せずに、普通に接しているのだと言います。

そのように嫁さんや家族との話を得々と語り、とにかく笑顔を絶やすことがない。そして一寸した事でも声を出して笑う。何が可笑しいのかと疑いたくなるほどよく笑うのです。つい私は聞いてみる事にしました。

「何が可笑しいのですか？」

「あなたも知っていると思いますが、笑いは何よりも健康の基なのではないでしょうかね。笑う事に理由等ありませんよ。何といっても笑う事が一番なのです」

と素早く断定的に斬り込んできます。その彼女の表情には、幼児の怒った鋭さが見えました。その可愛らしさに私は思わず苦笑しそうになったのですが（超高齢者の方には時折こうした表情が表れる事があるのです。これはヒデさんに限らず、皆さんに共通しているようです）、すぐさま悪いと思い、大きく肯いてしまいました。

笑い↓健康↓超高齢・これに加えて幼児の可愛らしい表情……こんな構図を描けるのも人間の「生」の原点の一断面なのだ、といえるようです。

あとがき

高齢化社会を迎えている今日、世の中では様々な問題を起こしながら賑わいを見せています。私はこの度インタビューを通して超高齢と言われる百年以上の年輪を刻まれた人達と接触してきました。日本全国で百歳以上の方は六万人とも六万五千人とも言われており、それも年々増加傾向にあると言った状況を迎えている昨今です。これは私達人間にとっては、喜ばしい現象でもありましょう。

この度は、私は百歳以上の人で、それも特に元気な人に、優先的にお会いし、創作につなげた経緯があります。しかし、百歳以上もの年齢を重ねておられると、施設に入ったまま歩くこともままならず、ベッド生活を余儀なくされている人や、病気で床に臥せたままの人、家族又は専門の介護者に依頼して、二十四時間お世話になっている人等々、様々な人生を背負っている人がおります。

それだけに、百歳以上の人達の皆が皆、幸せな生活をされているかと言えば、必ずしもそうではない現状であることが理解できました。従って、この場で紹介させていただいた人達は、幸せな生活を送っている人達だけを対象としてしまったことになりますが、よくよく考えてみると、それはほんの一部分なのだといっても過言ではないと思っています。当然の事ながら、大勢の超高齢者の人達が様々な生活をされている現状であることはいうまでもありません。

私達は、人間と病或は各種ウイルス、いわば味方と敵との戦いといった苦い経験を味わいながら、生活全般においての生活の様態や生活の内容等が驚異的な進展を遂げてきたという事実は見逃せません。例えば、最も手ごわい各種のウイルスとの戦いで勝者となった時、過去の歴史が示しているように人間の生活環境までも変容をもたらし、そこでの人間の行動にまで変化が生じてきたのです。そうした生活の変容、例えば、食生活の改善、医療技術のめざましい進展等々に伴って、他方では人間を形成している細胞が強くなり、身体のいたるところが頑強になってくる。こうした要因が幾つか重なって、人間の健康と共に、生命を長引かせる効果が出るという事があります。この事態は、人間界の全体にあらわれている現象でもあるのです。

特に、今日の医学界の目覚ましい進展によって、私達生物体の心身のあらゆる部分まで分析され、解明され、三次元・四次元の図解が可能になって、目で見ることの出来なかった身体の奥の芯の部分まで明確に分かりやすく立体化されてきています。それに伴い病状の正確な状況把握と原因の解明がなされ、驚くほど即急《そっきゅう》に健康体へと回復させてもらえる世の中になってきているのです。

それだけに、今では、年老いても余計なことは考えることはないし、考える必要もない、贅沢をいう必要もない、何もかもが満たされているから、今が満足であればそれでよい、と感慨を漏らす人は多くいます。例え、身体の何処かに変調をきたしても、医療技術の正確さに信頼をおいている限り安堵感が先行する、その安堵感が幸せな気持ちに繋げています。そして、病に対する恐れをも軽減させているのだ、と言えます。病だけではない。他の多くの経験も活かされ、活かされたそれらが程よくこねまぜられて、長寿の道へと働きかけて来ているのです。そして、それを意識するか、しないかは別にして、大半の人達は本能での操作によって、自分自身の日常生活を円満にこなしていく術も知っている事も加味されます。なんにせよ、私達人間の生き方に絶対的な基準などはないのです。理想はあったにしても、百人百様であり、ひとりひとりが、自分の周辺の状況に目をくばりながら決めることなのです。

こと老齢については、世界が始まった時から話題化され、そしてその話題に乗り、色んな解説がなされているのをみることができます。

「老いることはすばらしい」

と古代ローマに生きた八十四歳の思想家、キケローは云っています。そして、老年のやらなければならない健康についても触れます。

「老年に体力が欠けているか？　いや、老年は体力も要求されない。だからわしらの年配は法律と制度によって、体力なしで支えきれない義務からは免れているし、できないことはもとより、できるほどのことでも強制はされないのだ。（しかしいくら老齢とはいえ自分の身は自分で守ることはせねばならないのは当然のことでありましょう—著者）……とはいえ、わしらは健康に配慮すべきである。程よい運動を行い、飲食は体力を圧し潰すほどではなく、体力が回復されるだけ摂るべきである。また、肉体だけでなく、精神と心をいっそう労わらねばならぬ。……老いた肉体は鍛錬して疲れが昂ずると重くなるが、心は鍛える程に軽くなるものだ……」（キケロー著『老年について』中務哲郎訳）

キケローの引用が長くなったが、彼が老年者に言いたいことは何かというと、老年には怯《ひる》まずに立ち向かえ、弱気にならずに老いと闘わなければならないのだ、健康が何よりも重要で健康でなければ何事も為す事は出来ないのだ、と諭《さと》しているのです。そして加えて言う。「……人間は八十になっても九十になっても、更には百歳になっても欠けたところは沢山持っているものだが、それを少しでも完成して行くのが老いの時だ……」（同訳）

しかし、考えてみると、私達人間は、生きている間中は、多少なりとも辛苦精励に翻弄され続けて、そして知らぬ間に（懸命に生きての事だが）少しずつ老いていくのだ、と言えるのではないでしょうか。そして、人にはそれなりの悩みや苦しみがあり、苦悩がある以上、「生」を生きぬく知恵を求めるのは、昔の人も今の人も、少しも変わりません。

私の接した、百歳以上の人達は、一様に元気で、自分をよく理解し、自分の今まで歩んできた行動を熟知していました。こうして記述していてふと気が付いたことですが、超高齢者の何方《どなた》からも、世の中の、政治、経済、文化等々、本当は密接に関わって来たであろうそれらに関しての不平、不満はあまり聞こえてこなかった、という事です。恐らく、物事には気にせず、くよくよせず、自分のペースで自分なりに歩んで来られたのではないのでしょうか。それが現在の立場を築いているのだ、と思わざるを得ません。それらとともに、今なおも若さを保持されていることに驚きを感じたことは事実です。皆さんは、誰もが血色がよく若々しさにあふれ、何といっても幼児に戻ったような、純真さと愛くるしさが、小柄な全身を包みこんでいるのです。これらは、キケローのいう、人間の完成に近づいている、いや完成された姿なのではないかと思いました。

そして最後に付け加えさせていただきたいことは、キケローの想いと共通する部分でもありますが、自分の身は自分がよく識っているのだから自分で守れ、そして、健康であれ・健康でなければ、どのような創造性を持ったとしても、どのような希望を持っているとしても、実現は希薄のままで終わってしまう、という事です。

そして、私は、自他ともに、何か事が自分の身に降りかかってきた時、フト念頭に浮かんでくる事があります。それは、学生時代授業の時等によく聞かされ頭に叩き込まれた福沢諭吉先生の次の言葉です。

「**独立自尊**」（他に頼ることなく　自らの尊厳を　自らの力で守る事）という教えです。

現在の世情がどのように変わっていこうと、百歳を過ぎられた先輩達を師とし、卑屈になることなく、自分の尊厳を自分で守り、そして健康で幸せな生活を目指す事が、百歳を過ぎられた人生の先輩達の後を追う事になるのではないのでしょうか。

最後になりましたが、この度、こうした企画と執筆を応援して下さった友人・知人の方々と共に、快く大勢の超高齢者の人達を紹介そして、引き会わせてくれました皆様に感謝とお礼を申し上げます。

二〇二〇年五月吉日

著者略歴

松田　博（まつだ・ひろし）

1940年生れ
慶應義塾大学文学部哲学科卒業
慶應義塾大学三田哲学会（MIPS）会員
慶應義塾大学東村山三田会初代会長
慶應義塾大学竹之会会員
東京南陽会理事
47年間籍を置いた大学を退任する。
居住地東京都東村山市に在るボランティア団体の会員として活動。
東老連健康づくり大学校講座・修了
主な論文・著作
『人間の理性について』『人間の幸福の原点を探る』他

百歳人間の生き様を視《み》る

2020年11月16日　第1刷発行

著　者　松田　博
発行人　大杉　剛
発行所　株式会社 風詠社
〒553-0001　大阪市福島区海老江5-2-2
大拓ビル5-7階
Tel 06（6136）8657　https://fueisha.com/
発売元　株式会社 星雲社
（共同出版社・流通責任出版社）
〒112-0005　東京都文京区水道1-3-30
Tel 03（3868）3275
印刷・製本　シナノ印刷株式会社

ISBN978-4-434-28210-2 C0095